JN211023

色悪作家と校正者の不貞

菅野 彰

新書館ディアプラス文庫

色悪作家と校正者の不貞

contents

illustration：麻々原絵里依

色悪作家と校正者の不貞

いろあくさっかと
こうせいしゃの
ふてい

世話になり続けていた、聡明で時に厳しく時にやさしい老翁、本所深川の居酒屋「雀」の主人、源十郎が死んだ。

その死を弔う通夜だと思って、塔野正祐は、東京都杉並区西荻窪駅付近の居酒屋「鳥八」のカウンターで静かに酒を呑んでいた。店は狭く、二十人ほど入ればいっぱいになるが、そこそこ賑やかだ。少し離れたところにある公園で、夜桜を観て来たサラリーマンが多い。彼岸過ぎの咲き始めなのに結局桜は口実なのか、皆大分酔っている。

まだ二十七歳だというのに、平凡なグレーのスーツが何故だかすんなりと似合ってしまう若干華奢な体をした正祐は、その体さえ支えられないと俯くようにして源十郎の好きだった日本酒を呑んだ。北の酒が好きなので身の丈に合った日高見を今日は選んだが、灘の酒にすべきだったかとも思う。だが灘の酒は、源十郎は呑まないまま逝った。灘の酒が呑めなかったことだけが心残りだと、もういよいよ危ないというときに源十郎が笑ったことを思い出して、涙が零れそうになるのを正祐がなんとか堪える。

世間は今日、源十郎の死を知っただろう。

わずかに数人は、しかし三ヵ月ほど前から源十郎が今日死ぬことを知っていて、正祐はその少ない数人の中の一人だった。どうすることもできずに無力に今日を迎えて、ただ虚しく酒を呑むばかりだ。

いつでもきちんと締めている胸元の、地味なストライプというより縞（しま）というのが正しい柄のネクタイも、緩めたいほどに正祐は疲れてひたすらに悲しみに暮れていた。

特に特徴のない形の、若干だが伸びすぎた色の薄い髪は頬に降りて、恐ろしいほど美貌の母親にうっかり似てしまった正祐の顔に大き過ぎる憂いを刻んでいる。

「メジャーリーガーになりたい」

今日たまたま左隣に座っている、鳥八の常連客で上背（うわぜい）のある男が、独り言のように呟くのを正祐は聞いた。

「アイドルでもいいが」

低くよく響く良い声で冗談とも思えぬ口調で呟く男は、白いシャツにデニムという気軽な服装だがどう見ても三十絡（がら）みだ。まだそんな夢が見られる歳には、正直見えない。

「そうすりゃそれだけで本が売れる。メジャーリーガーが書いた小説、アイドルが書いた小説」

徳利（とっくり）から猪口（ちょこ）に自分で酒を注ぎながらぼやいた男が、自分の大切に思っていた源十郎を殺した張本人であることを、実は正祐は知っていた。

もっともその男が源十郎を殺したことは、今日日本中の人間が知ったことだ。

「新作、売れなかったのかい?」

カウンターの中にいる温厚そうな老人、この店の主人である百田が、困ったように独り言に応えている。

「二冊同時刊行だったんだがな。文芸の方は相変わらず鳴かず飛ばずだ」

豪気にも新政を呷って自棄気味に言う男、東堂大吾は、電車に乗れば中吊りに写真も載っている有名な小説家だった。

この三年この店でこうして居合わせているせいではなく、正祐はその男が東堂大吾であることを、世間と同じく普通に知っていた。

わざわざ編集者が広く大吾の顔写真をメディアにばらまくだけのことはあって、精悍な顔立ちは整っていると言えなくもない。アイドルは無理でも、俳優にならこういう顔の男もいるだろう。男振りがいいと誰かが言うのを正祐は聞いたことがあって、なるほどそれはしっくりくると思った過去の自分さえも今は心の底から忌々しかった。

その男らしいとか野性味溢れるとか評するに相応しい容貌が女性の間で人気でもあったが、今日は日本中が大吾を嫌い、なんなら憎んでいる。

隣で通夜をしている、正祐のように。

「なんかあるじゃない、先生の売れてる本。時代物人気なんだろ? 大ヒットロングラン時代小説あるのは知ってるよ。ドラマにも映画にも漫画にもなってるやつ」

あまり世間に詳しくない百田でも、大吾の大人気時代小説「寺子屋あやまり役宗方清庵」シリーズの存在は知っていたのか、ぼんやりと声にした。

「舞台にもアニメにもゲームにもなったらしいな。あんなもん登場人物皆殺しにして終わりにしたい。深川を焼け野原にしてやりたい。試しに一人殺してみたら、書評サイトで俺は袋叩きだそうだ。ミザリーかっつうの」

「ミザリーちゃん？　誰だい」

突然出て来た横文字の名前に、百田は朗らかに笑って串物を焼いている。

「スティーブン・キングの小説に出てくる、熱狂的な小説家のファンだ。登場人物を殺した小説家を監禁して足を折ったりする女だ」

その小説は、正祐も随分昔に読んでいた。読んだときは正気とは思えぬ恐ろしい読者だと思ったが、今正祐は望まれればミザリーにもなれた。

誰にも望まれないと気づく余裕は、正祐にはない。

「世俗の凡人どもは何もわかってない。ネットにクソつまらん書評を訳知り顔で書き連ねやがって……しかも名前だけ売れてる書評家が、ネットで無料で書評垂れ流してやがるって担当にわざわざ報告された。俺をけちょんけちょんに批判してるそうだ。あの書評家今度ズタズタにしてやる」

「……試しに、殺したんですか？」

実のところ三年、正祐はこの店で何度も大吾を見かけたことがあった。すぐにこの男が小説家東堂大吾だと認識したが、一度も声を掛けたことはないし、席も近くを選ばないように努め続けてきた。隣しか空いていないのを見て、帰ったことさえある。

だが、この通夜の晩に大吾の方からたまたま正祐の隣に座ったことは、こうして初めて彼に声を掛けてしまう運命だったのかもしれないと、堪えられない自分に正祐は観念した。

「なんだ。おまえ」

その言葉が自分に向けられたと気づくのに随分と時間を掛けて、大吾が隣の正祐を振り返る。

隣に人がいたと今初めて気づいたような傲慢そのものの顔をして、黒髪の隙間から大吾は正祐を睨んだ。

「大切な登場人物を、宗方清庵の心の拠り所であった源十郎を、試しにというようなお気持ちで殺されたんですか」

静かだが自分の声がどれだけ冷たいかを、正祐はまるで自覚できていない。

「だからなんなんだおまえは」

普段激高することなどほとんどない、なんなら人生に一度もなかったかもしれない正祐は、今自分が頭に血が上って正気ではないことに気づけなかった。

「理由もなく殺したんですか」

「ああ、なんだ俺のファンか。めんどくせえな」

「いいえあなたのファンなどでは決してありません。あなたのことなど少しも好きではありません」

肩を竦めて前を向こうとした大吾に、丁寧にゆっくりと正祐が告げる。

「たまたま、機会があって『寺子屋あやまり役宗方清庵』を読んでいる者です。累計何百万部かご存じないわけではないでしょう？　いえ、累計なら一千万部をとうに越えていますよね。その上あらゆるメディアでメディア化されて、石を投げたら宗方清庵を知る者に当たる。それが『寺子屋あやまり役宗方清庵』です。ご自覚もないのですか？　そしてその石に当たったほとんどの者は、宗方清庵を知っていてもあなたのファンではないでしょう。私のように」

そもそも正祐は、こんな風に朗々と思ったことを言葉にするのも得手ではなかった。得手ではないというよりは、したいと思ったことがないので今までしないできた。

思ったことを言語化して他人に伝える、もしくは咎めるということを、今まで正祐はしなかったのでまず全く加減がわからない。

「何が言いたいんだおまえは」

そもそも気性が荒いと思しき大吾は何を言われたのかは理解したのか、眉根を寄せて強く正祐を睨んでみせる。

しかし正祐は怖いという気持ちより、完全に怒りの方が勝っていた。

「あなたが売れない文芸作家のままならともかく、エンターテイメント作家が自分の気分で人気のある登場人物をしかも十五巻まで来て試しに殺すなど、全く許されることとは思えません」

どれだけ自分が怒りに支配されているかわからずに、正祐は思ったまま率直に大吾に告げる。

「売れない文芸作家は大きく余計だ。十五巻だから殺したんだろうが！」

大きな手で大吾はカウンターを叩き、声は店に響き渡ったが、店内の者は皆酔っ払ってこのくらいの小競り合いには注目もしない。

「意味がわかりません。説明してください。十五巻だから源十郎を殺した理由を」

大吾の怒気にはつきあわず、正祐は自分のペースで淡々と大吾を咎める。

眉間に皺を深く刻んだまま、一旦、大吾は頭を掻いた。

手元の蕗味噌を突いて、酒を呷る。

「……マンネリ化を防いだ。エンターテイメント作家としての仕事をしたまでだ」

「私は今までこういう気持ちになったことはほぼありませんが、あなたのことは今殺したいくらい憎いです」

不貞不貞しく言ってのけた大吾に、心のまま正祐は思いを伝えた。

「なんだかすごいねえ。二人とも三年もうちの店でずっと常連さんでいてくれて、今まで挨拶してるところも見たことないのに今日からいきなり殺し合いなのかい。なんだかそれもすごいことだねえ」

串物を焼き上げた百田は鷹揚な声でしみじみと笑って、「はいこれサービス」と二人の間にセセリが二本載った皿を置いた。

「熱いうちに食べてね。とてもいいセセリだから、美味しく食べてくれよ」

ゆっくりと百田に言われては致し方なく、正祐も大吾もそれぞれ串を摑む。

「おまえ人間は死なないと思ってんのか」

セセリを荒々しく嚙み千切りながら、憎々しげに大吾は正祐を見た。

「人間が死ぬことぐらいは私も理解しています。四歳で気づきました」

丁寧にセセリを口に入れて、正祐が言葉を返す。

「なら何故文句を言う。物語だと永遠に生きていてくれると思ってたのか。源十郎は登場時からいい歳したじいさんだったぞ。それとも何か、ゲームのやり過ぎ小僧か。呪文でも唱えたら人間は生き返ると思い込んで育った馬鹿野郎なのか」

「私はゲームの類は一切いたしません」

「誰がゲームの話をした！」

苛立ちながらも大吾は、あっという間にセセリを食べ終えた。

「旨かった、おやじ。どうも」

「なんの仲裁にも役立たなかったようだけれど、せめて味わってもらえて何よりだよ」

礼を言った大吾に、百田が苦笑する。

「私もセセリは美味しかったです。確かに格段に美味しくてありがたかったです。本当にありがとうございます。ゲームの話をしたのはあなたでしょう」

遅く一串を食べ終えて、正祐も百田に頭を下げたがそのまま大吾にすぐ向き直った。

「発売日当日にくそ高いハードカバーの新刊を読むような人間なら、人の話の主題をきっちり理解しろ。本を買う金の無駄だろう。おまえは人間は死なないと思ってるのかと、俺は言ってるんだ」

丸い筒の串入れに串を挿した大吾の手と、正祐の手が一瞬当たってお互いにすぐに引く。

思いの外体温の高い大吾の手を酷く不快に思いながら、正祐は投げられた言葉の意味を咀嚼して、すぐには答えられず黙っていた。

「……それは、でも、物語の中ぐらい……まだたった十五巻なのに」

ここまで全く論旨の揺らがなかった正祐の声が、頼りなく掠れる。

「人は死ぬだろうが。どんなに好きな人でも、人はみんな死ぬだろうが。それは当たり前だろう。俺もおまえもいつかは死ぬ」

「私は物語には物語の希望が必要だと思います。ましてやたくさんの人が楽しむ時代小説ならなおのことです！」

もう何も言い返す言葉が頭に浮かばなくて、正祐は自分の言いたいことは本当はこんなことではないと感じながら、初めて声を荒らげた。

この大きな喪失感が、実のところ自分一人のものだと正祐は知っている。今日日本中を見渡しても、己ほど源十郎の死を悼んでいる者を見つけることは難しいだろう。

この三年、源十郎は正祐には特別な心の支えだった。他人とは違う、強い訳があった。

言葉に真意がないことを見破ったのかなんなのか、肩を竦めて大吾が自分の酒に戻る。

「なんでおまえ一人称私なんだ。若いのに変なやつだな」

どうでもいいことを尋ねられて、正祐は答えられずに仏頂面で「お勘定お願いします」と百田に頼んだ。


実は正祐が大吾に、「私」という一人称で話しかけてしまったことには、正祐なりのしっかりとした理由があった。

仕事の顔が出てしまったのだ。

大吾は全く知らないようだったが、正祐は「寺子屋あやまり役宗方清庵」シリーズの担当校正者だった。校正者と一言では言えないほどに、歴史考証から文章校閲の全てを三年前から任されている。校閲というのは、誤字脱字の訂正から全文の整合性が合っているかなど全てをきっちりと確認する地道な作業だ。

このシリーズは小さな老舗の出版社犀星社から刊行されているので、犀星社内に歴史考証までできる校閲部がなく、正祐の勤めている庚申社という歴史考証校閲を主にしている会社が外注でずっとそれを請け負っていた。現在では正祐は、犀星社から刊行されている大吾の他の時代小説も全て一人で校閲している。

大吾の時代小説は、犀星社を支えていることにより自動的に庚申社も支えているビッグコンテンツだ。

だが正祐は本当は東堂大吾本人になど、欠片も会いたくはなかった。一生会いたくなかった。会わなくて心底結構だった。だが、鳥八の主人百田から離れがたくあの店に行くことをやめられずに、三年を大吾とニアミスしながら過ごしていた。

百田には、宗方清庵の頼る源十郎を強く思わせるところがあったのだ。

温厚で、口数は多くないがときにあたたかな言葉や大切な苦言もくれる、百田はそんな老人だった。

「おまえ、よく東堂先生の仕事投げ出さないよな。三年も文句も言わずに、コツコツとよくやるよ。調べ物多いし、東堂先生は気性が荒いらしくて文句が多いし。校正の書き込みに喧嘩腰で書き返されて、大変だろ。まあおまえに投げ出されても俺たちも困るが」

巨大な歴史資料の書庫は三階にあるが、二階のこの校閲室には四人が背を向け合う形で机がある小規模な庚申社で、正祐の隣のデスクで仕事をしている篠田和志が、休憩と決め込んだのか伸びをしながら立ち上がった。

庚申社は鳥八と同じく西荻窪を最寄り駅としていて、正祐の住居も近い。

窓の外では桜も終わりかけて、春の陽気が高まっていた。

「というか、前任者は東堂先生と文字上でもやり取りをするのがストレスで、この会社からある日逃げたんだぞ。今西表島でヤマネコと暮らしてるって、この間ハガキが届いた。イリオモテヤマネコの」

本来仕事中に客と会うことはないのでどんな格好でもいい校閲室で、篠田はそれでも比較的きちんとした服装をしていた。シャツにチノパンだ。

ワイシャツにネクタイのまま、体温調節のためにスーツの上着だけ脱いでいる正祐がふと後ろを振り返ると、いつでも正体不明のアメーバを連想させる甚平だったりジャージだったりする二人の同僚は、いつも通り校正原稿を抱えて何処かに消えていた。

書庫を離れるわけにはいかないが机がどうにも合わないという二人は、屋上やら書庫の中やらにほぼ棲んでいる。

光熱費を請求したいと、一階にいる受付も事務も秘書も全て有能にこなす社長の娘が、時折二人を強く叱っていた。

「イリオモテヤマネコは特別天然記念物ですよ。許可なく一緒に暮らしてらっしゃるなら、通報しなければなりません」

生真面目に言った正祐を、本気なのかと窺うように篠田が横に立って見下ろしている。

そもそも歴史校閲者は姿を見せない二人のような極度の変わり者が多く、篠田は気の毒にも随分まともな部類だった。

「通報はやめてやれ」

「ハガキを見せてください」

真顔で正祐が、篠田に掌(てのひら)を見せる。

「前任者は発狂寸前だったんだ。許してやってくれよ」

実際、正祐はそのイリオモテヤマネコと暮らしているという前任者に、助けられたともなんとも言えない立場ではあった。

三年前に正祐がつぶしのきかない前の職場を辞めてこの仕事に就けたのは、現在イリオモテヤマネコと暮らしている前任者が突然逃亡したお陰で、急遽(きゅうきょ)この庚申社正社員の募集広告が打たれたからだ。

「オペレーターと編集者を通してなお、特別天然記念物と暮らすところまで追い詰めるような作家だぞ。本当におまえは愚痴(ぐち)の一つも言わずによく続くな。いや、いなくなるなよ突然。俺嫌だからな、東堂先生の担当になるの」

書籍になる原稿は本来、出版社で編集者がある程度作家から渡されたものを作家とやり取りしながら整えて、その後校閲部のオペレーターを通して、校正校閲者に渡される。オペレーターとは編集者と校正者の中継ぎをする者で、要は大吾と正祐の間には、二人もの人間が入っていることになる。

それでも大吾は正祐の書き込んだ疑問や訂正に度々激怒していて、編集者やオペレーターはそれを正祐に伝えないわけにはいかないので、結果正祐に大吾の憤りはほぼ直撃している。

前任者は西表島まで逃げてしまったが、正祐は日々コツコツと鉛筆で大吾の怒りの書き込みに、能面のような顔で淡々と返信していた。校正者としての仕事の域を、越えたことはないつもりだった。

「私は典型的な暗黒の校正者なので、徹底的に調べて重箱の隅をつつきまわすのが大好きなんです」

「それよそで言うなよ。校正者の印象が地に落ちる」

「この仕事は天職です。楽しくて、特別天然記念物と触れ合いたいとも思いません」

もっともなことを言う篠田に、座ったまま正祐が積み上がった複数種類の分厚い辞書を眺めて小さく息を吐く。

「幸せか？　おまえ」

とことんまともな神経の篠田は、そんな正祐の幸せを案じてくれた。

天職と言いながらもその問いに、正祐はすぐに頷くことができない。

正祐の表情筋があまり生きていないのは生まれつきだが、それでも四年前のある出来事から一層酷(ひど)くなっていた。

その出来事をきっかけに、正祐は前の職場に熱意を失って一年経たないうちに退職した。元々死んだような顔をしていた正祐だが、今はほとんど少し新鮮な水死体のようなものだ。

それでも小説の中の源十郎に会うことだけを、正祐は本当に心から楽しみにしていたのに。

「正直、『寺子屋あやまり役宗方清庵』シリーズの校正をしているときが私の一番幸せな時間でした」

大人気シリーズ「寺子屋あやまり役宗方清庵」は、長崎で蘭学を学んだものの藩でお家騒動が起きて帰郷できなくなった宗方清庵が、江戸は本所深川(ほんじょふかがわ)の長屋でニートとして生きるうちに、周囲の人情で「寺子屋あやまり役」に納まり、長屋の人々や子ども達に関わる事件を解決していくという一話完結シリーズだ。

寺子屋あやまり役というのは、師範(しはん)を怒らせて処分されたり退校させられそうになった子どもの代わりに、謝罪をしたり訳を聞いたりして寺子屋に戻してもらう、本来は年寄りがやる役目だった。それをこのシリーズでは、若い清庵が担(にな)っている。清庵は若輩(じゃくはい)だし本所深川にもまだ馴染(なじ)んでいないので、居酒屋雀(すずめ)の主人で老翁の源十郎は、とても大切な相談役だった。

「なんで過去形なんだ。さすがに嫌になったか」

「……一話完結でそんなに時代的に時間も流れていなかったのに、どうして源十郎を死なせる必要が。幕末の動乱期もまだギリギリ一歩手前だというのに」

尋ねてくれた篠田の声は耳に入らず、先日発売になった十五巻での源十郎の死をまた思って、正祐が目を伏せる。

「ああ、そういえば人気キャラ死んだんだよな。おまえ初稿読んだ日に変な声上げてたよな。人ともなんともつかぬ声を……夢に出たぞあの声。ネットの書評サイトも大炎上中らしいが」

呟きを返事と受け取ってくれたのか、篠田は安易に源十郎の死に触れた。

「私も一読者として書き込んでおきました。星をゼロにできなかったのが大変残念です。一つはつけなければならないんですね。初めて知りました」

発売日に初めてアカウントを取得した書評サイトの、どうしても星を一つはつけなければいけない決まり事に、正祐が大きく溜息を吐く。

「……おまえ、本当に暗いな。暗すぎるな。つうかその書評サイトへの担当校正者の書き込み、発覚したら免職ものだぞ。気軽に口に出すなよ」

「篠田さん」

咎めるでもなく篠田が親身になってくれていることに、正祐はようやく気づいて顔を上げた。

毎日洒落た眼鏡を篠田が替えている細やかさに、残念ながら正祐は一度も気づいたことがない。

「篠田さん、本当にいい人ですよね。私がこんな暗い校正者なのに、気に掛けてくださって。やんわりと苦言まで呈してくださって」

不意に、篠田の情けが身に染みて、正祐は隣の机で仕事をして三年目にして初めてまともに礼を言った。

「やんわりじゃないけどな……お、やめてくんない？　じっと見るの。おまえさ、最近気づいたんだけどあの女優に似てるんだよ。もう大分歳だけどいつまでも恐ろしいほどに美しい……塔野麗子。そんな顔でそんなこと言われると、俺ガキの頃塔野麗子で散々抜かせてもらったんで変な気分になるからやめろ」

若干潤んだ目でじっと見つめた正祐に、冗談めかして篠田が手を振る。

「あれ？」

だが女優の名前を口に出したことと、正祐がその名前を聞いてすぐに顔を伏せたことに、篠田は大きく首を傾げた。

「名字一緒だな。偶然か？　つうかホント、似てるよな顔。おまえがあんまり暗くて地味なんで、気づくのに三年掛かったけど瓜二つだよな。え？　こんな偶然あるのか？　親戚かなんかか？」

普段人に対して「暗くて地味」などという失言を意図せずして吐く篠田ではなかったが、ふと符丁が合ったことで動揺しているようだった。

「……あの」

その篠田の誠実な反応に、意を決して正祐が顔を上げる。

「私は篠田さんには本当にお世話になっていますし、信頼もしているので」

「いやあ、ホントよく見るとそっくりだな。そのちょっと眠そうな目とか、薄い唇の輪郭とか。鼻筋から髪の色から何もかも同じだな。くどいようだが気づくのに何故か三年掛かったけど」

「抜かれたなどとおっしゃられるとかなり複雑ではありますが、今度実家に帰ることがあればサインくらいで良ければ貰って来ます」

「母親なの⁉」

説明もなしに実家と告げた正祐に、吃驚して篠田は声を上げた。

どうせ聞く者は誰も、今この部屋にはいない。二人の同僚は屋上や書庫に転がって、校正原稿に没頭している。

「私は実家を離れて芸能ごとからはとことん逃げてきたので、映像の母もあまり直視したことがなくて……なので、同僚がファンでサインをしてあげて欲しいとねだれば母が喜ぶ気がします。私は今までそういう形で母を喜ばせたことが一度もないので、サイン、貰ってやってくれませんか」

丁寧に頭を下げた正祐に、篠田は困り果てたように立ち尽くした。

「どう反応したらいいんだよその複雑な話に……いや、ありがたくいただくけど。そしたら是非サイン貰ってくれ。和志へって、俺の名前を入れて貰ってくれよ。冷酷な呼び捨てで頼む」

「ありがとうございます」

「いえいえこちらこそって、おまえ」

頭を下げた正祐に、篠田がそんな打ち明けごとをされても正直困ると頭を掻く。

「あの、この件は」

そんな篠田の姿を見て、正祐は勢いで自分が大きな秘密を教えてしまったことにやっと気がついた。

「わかってるよ。口外しないと思ったから、おまえも俺に話したんだろ」

「すみません。自分から人に話したの初めてです」

「だから塔野麗子と同じ顔でそういうこと言うなよ！　俺、下手すると一万回くらい抜いてるからおまえのお袋さんで!!」

「それを言われるのはとても複雑です。一応産みの母なので」

頭を抱えた篠田に、正祐が静かに目を伏せる。

「だ、だよな……悪い悪い。でも。すまん、おまえ家族のこともしかしたら触れて欲しくないのかもしれないが……その」

「映画監督の父親も、女優の姉も、なんだかよくわからないキラキラしたアイドルグループのド真ん中にいることが大層自慢で毎日毎日おかしな服を着た自分の写真をメールしてくる弟も、全て真っ直ぐ血が繋がっています」

正祐の五つ年下の弟、光希はどうやら大変売れているアイドルグループのしかも一番人気のようで、冗談ではなく毎日正祐に構造理解不可能な衣装に身を包んだ笑顔を送りつけてきていた。

何故毎日この奇抜な衣装を見せてくれるのだろうと正祐は悩んでいたが、褒めて欲しいのだという考えに至り、そのタイミングで光希には酷い癇癪を起こされたので、正祐は毎日律儀にその写真に言葉を尽くして賛辞のメールを書いている。

しかし嘘は不得手なので昨日も精一杯「全く重力との関係が不明な衣装で尚且つ光希が踊るという偉業を成すことに最先端の粋を感じます」と書いたところ、光希からは「バカにしてんのか正祐！」と怒りのメールが返ってきた。

どうしたらいいのかさっぱりわからない。

「私だけ鬼っ子なんです。でもいい家族なんですよ。やさしいし明るいし、弟などはとても私を慕ってくれている気がします。何しろ何故どうしてなのか毎日写真付きのメールが来るので。ただ子どもの頃はやはり私自身も子役になることを求められたりして。無駄なことに私が一番母に顔が似まして。でも私が一番、父にも母にも中身が似なかったんです」

大人に追い回されて広い屋敷の屋根裏に絵本を抱いて閉じ籠もった幼少期を思い出せば、正祐は溜息の一つも吐かずにはいられない。

「私は二歳半で『人間失格』を摑んで離さなかったそうです。絵本も児童書もあるものは全て読みましたが、初めて好んで何度も読んだ本は『羅生門』でした」

「せめて『安寿と厨子王』くらいにしとけよ、それ」

やり切れないというように、篠田は溜息を重ねてくれた。

「森鷗外は『高瀬舟』の方が好きです」

「どうでもいいことだが、森鷗外が安寿と厨子王を描いたのは『山椒大夫』だ」

こういうところは篠田も校正者で、流していいことをつい正してしまう。

本当にどうでもいいことだが、篠田が口にした「安寿と厨子王」は絵本程度の説話のことで、それを題材にして森鷗外が書いた「山椒大夫」と正祐が早合点したことを訂正されていた。

「……!! 私としたことが……! そうでした『安寿と厨子王』は元は鎌倉末期に語り始められた説経節」

「そこまで説明しろとは言っていない」

訂正しておいて篠田は呆れ顔だ。

「篠田さんも職業病酷いですね」

「おまえにだけは本当に誰よりも言われたくない」

もっともなことを篠田に言われても、正祐は今の仕事に無表情にやり甲斐を感じているので本望だった。

この仕事に意味を見いだせていることは、今の正祐には大きな支えだ。

「私の姉も安寿のようならば……」

ふと、「安寿と厨子王」を子どもの頃に読んで妄想したことが、正祐の口をつく。

「いい家族と言いましたが、父親に顔が似てしまったので個性派女優として活躍している姉からは、子どもの頃『なんであんたがお母さんの顔してるのよ』とよく殴る蹴るの暴行を受けました。姉はそもそも演劇の才能があったので、素材が私に行ったことを相当恨んだようです」

「ごめんそんな芸能一家の裏側俺は全然聞きたくない……」

とことんまともな篠田は、もう結構と掌を見せた。

「姉とは不仲というより、恐ろしいのであまり近寄らないようにしています」

「塔野萌(とうのもえ)な……俺はいい女優だと思うよ。こう言ったらおまえのお母さんに悪いけど、演技力でいったら萌の方がダントツだ。若手女優じゃ群を抜いてる」

いつも良作に出ていると、正祐の知らない萌情報を、篠田は教えてくれた。

「そうですか。私はその、何しろ生まれつきこういう性格で。元々こうなんです。特にトラウマなどもなく、このように生まれて来たんです。暗く校閲室に籠もって重箱の隅をつつき回すのが至上の喜びというような人間なので」

「二度目だが、他の校正者の迷惑になるからそれ外で言うなよ。本当に」

そういう目で見られることも篠田自身少なくなく、正祐に苦言を重ねる。

「勉強になります。……なので、正直幼少期の習い事やその発表会は苦痛で苦痛で苦痛で苦痛で苦痛で」

「重ねるのは理由がなければ三回を限度にした方がいいな」

しかし自分もまた校正者の性質からは全く離れられないことを、篠田は気づいていなかった。

「勉強になります。ですから映画や舞台は観るのも苦手で、ましてや家族が出ていると直視できないんです」

「まあ、それもなんだかわかるけどな。おまえよく真っ直ぐ育ったな」

俯いた正祐の睫が影を作るのに、篠田が感心して溜息を吐く。

「真っ直ぐ……あのな、書評サイトにはもう書き込むなよ。ここに勤めてる限りは」

けれどすぐに、正祐がそんなには真っ直ぐに育っていないことを思い出して、篠田は言い置いた。

「十五巻が出て、衝動で初めて書き込みました。衝動的な行動も初めてだった気がします。もう二度としません」

反省して、正祐が真摯に誓う。

肩を竦めて篠田は、タブレットを手に取ると有名書評サイトを開いた。「寺子屋あやまり役宗方清庵」シリーズ最新刊の、発売間もないにも関わらず千件を超える異常な数のレビューは、平均星二つという今までの東堂大吾作品にない低さだ。

完全に源十郎の死が影響している。

「まあ、これだけ書き込みがあればそんなに目につくことはないか。……ん？　なんだこの一万字に及ぶ書評家並の理路整然としながらも東堂大吾をズタズタにしているマサってアカウントは。賛同のポイントもものすごい数だな。書評家の隠密行動としか」

「あ、それ自分です。正祐のマサです」

平然と言ってのけた正祐に、篠田は噎せ返って体を丸めて激しく咳き込んだ。

「大丈夫ですか。篠田さん」

「おまえ！　せめて自分の名前使うのはやめろよ!!　つうかこのアカウント削除しろ！　これ素人じゃないって一発でわかるぞ！　そのうちこの書き込み自体が注目されて炎上して下手すると身元がばれるから消せ！　今俺の前で消せ!!」

今まで見せたことのない勢いで篠田は、タブレットを壊してしまいそうなほどに何度も叩きながら錯乱気味に正祐に迫る。

「……それは、思慮が足りませんでした。消します」

言われてようやくそんな可能性にも気づき、正祐は自分の端末で書評サイトにログインすると、アカウントごと全てを削除した。

「足りなすぎるだろう。下手するとこれもう方々で保存されてるぞ……迂闊すぎるだろうおまえ」

「感情的になってしまって」

反省を込めて正祐はブックマークから書評サイトも消したが、そんなことではなかったことにはならないとは気づかない。

そもそも正祐は通常、仕事以外でインターネットに触れることがほとんどなかった。

「私は普段こんなに感情的になる機会があまりないので、自分でもこのような行動を取るとは思いもしませんでした」

「おまえここ来る前編集者だったんだよな？　何か問題起こして辞めたんじゃないのか？」

三年前まで大手出版社の歴史ムックの編集者をしていた正祐に、恐る恐る篠田が尋ねる。

「……編集をしていたのは、新卒後わずか二年足らずで」

明るい気持ちで思い出すことのできない編集職のことを尋ねられて、正祐はまた俯いた。

「たいした仕事も成せないまま、前の職場は退職しました。問題も起こしようがないくらい、新人のまま退職しています」

「ならいいが」

最早何が「ならいい」のか篠田にもわからず、頭を掻く。

「とにかく今後、気をつけろよ」

思わず篠田は、強く正祐の肩を叩いた。

「具体的に何を」

古い本の香りが充満していることにはお互いもう気づけない校閲室で、正祐が頼りなく篠田を見上げる。

「おとなしいやつだと思ってたのに……問題点が多過ぎて、俺もどれから注意したらいいのかわからない」

問われると篠田は、正祐が何か大問題を起こすように思えて不安でならなかった。

「ええと」

眉間を押さえて篠田が、何を注意するべきかよくよく考え込む。

「うちは校正者の記名なしで会社名で仕事してるから大丈夫だろうが、東堂大吾は担当校正者と差しで話したいと何度も申し入れてきている」

三年前担当が正祐になってから、前任者の時には言わなかったことを度々大吾が主張していることは、庚申社と犀星社の両方を悩ませていた。

「おまえが担当校正者だってことがバレないように、とにかく会わないようにな。直接東堂大吾に小説の批判をしないこと。一番気をつけるのはそこだな。絶対にするなよ」

言い置いてから篠田は、正祐の能面のような顔を見て、自分の言葉が過ぎていたことに気づく。

「まあ、お互い何処(どこ)に住んでるかもわからないから。そんなことありえないが」

不安になる余り余計な心配をしたと、篠田は笑った。

「担当作家に一生会わないことがある。それが俺たちの仕事だ。会わない方が、お互いのためなんだよ」

校正者としてのもっともな心得を改めて篠田は、声にする。

黙って聞いて正祐はただ、小さく篠田の言葉に頷いた。


誠実な篠田の親身な心配は虚しく、その機会はあっさりと何度でも巡るのであった。

立夏もとうに過ぎた初夏の鳥八のカウンターで、またしても正祐は左隣に大吾を置いて呑んでいた。これは既に、初めて会話をして以来何度目かわからない。

以前は正祐は大吾となるべく隣席にならないように努めていたのだが、大吾の方が嫌がらせのように正祐の隣を選んで座るようになっていた。

嫌がらせのようにというよりは、真っ直ぐ嫌がらせなのだろう。

隣に座って黙って酒を呑むような大吾ではなく、必ず正祐に喧嘩をふっかけてきた。

「これ、おまえさんだろう」

今夜さっそく大吾は、タラの芽の天ぷら、フキを少しだけ甘く炊いた小鉢、牛蒡の山椒和え、そしてもちろん日本酒は伯楽星を前にして、クリップで纏めたA4のコピー用紙を正祐に突きつけた。

紙の束を捲るとそれは、すぐに自分が書評サイトに書いた大吾への言葉だと正祐にもわかる。

削除したのに何故と喉まで出掛かったが、篠田の数々の言葉がなんとか正祐の言葉を止めた。

「言ってることがおまえと同じだ。論旨も随分しっかりしてる。おまえだろう」

「どうなさったんですか？　これ」

自分の目の前にもフキと牛蒡、塩焼きのハツを置いて、日本酒は地味に磐城壽を呑みながら正祐が尋ねる。

冷静さを装ったつもりだったが、そもそも正祐はそんなには表情豊かではなかった。それは生まれつきなので、是非子役にと求めて正祐を追い回した大人たちも、二、三度カメラテストをすれば早々にあきらめた。

「アカウントを削除したら、なかったことになったと思ったか。まとめサイトに転載されてると、わざわざプリントアウトして俺に送りつけてきたバカがいる。これが国民の総意だそうだ。源十郎を生き返らせろとよ」

そんなことになっていたとは全く知らずにいた正祐だったが、そういえば篠田があれ以来時々タブレットを開いて溜息を吐いていることを思い出す。

このまとめサイトを見ていたのかもしれない。

「編集者がこういう批判的な郵便物は、分けるものではないのですか？　よくは知りませんが」

「俺は未開封で全て受け取ることにしている。読まないで火にくべることもあるが、これは随分存在感のある封筒に入っていたんで気が向いて開けてやった。大層興味深く読んだ」

「何故大切な手紙を読まないで火にくべるようなことをなさるんですか」

呆れ果てて正祐は、憤りを込めて尋ねた。

「手紙を書く自由もあれば、火にくべる自由もある」

「それは自由という名の暴力です。あなたのしていることは焚書と等しい行為です。他人の書いた文化財産を燃やすのは、ナチスの焚書と同じですよ」

「手紙を文化財産だと？　文化財産の定義をおまえはどう考える」

「あなたの著作物に対する言葉を綴った文章をあなたが文化財産と判断しないのなら、それは本当に呆れ果てたことです」

「本当に口が減らないやつだな！」

「私にこんなにも言葉を尽くさせるのは、恐らくはあなたの愚かさでしょう。私は普段こんなに人と喋りません」

実際、普段校閲室に籠もって篠田と話すのがせいぜいの正祐は、この程度大吾と会話をしても喉に違和感を覚える程で、かなり喋り過ぎという感がある。

「やっぱりこの長文を書いたのはおまえだ。冷静さを装いながらも、極めて感情的なところが共通している。おまえ俺のファンなのか」

「失礼ですが何度も申し上げております通り、ファンでもありませんし、これを書いたのは私ではありません。送って来た方がおっしゃるように、私と同じように思う人が沢山いらっしゃるのでしょう。国民の総意とその方が言われるのなら、私など無辜の民に過ぎません」

ファンなのかと言われて、正祐は腹立たしさとともに神経質な気持ちにもなった。

自分が大吾のファンかと言われるとそれは正祐にもなんとも言えないが、そのこととは別に、大吾は自分のファンとは絶対に交流しないと公言している。売り上げに貢献するためのサイン会も、講演会も何も一切引き受けない。販促活動については、気まぐれにたまにインタビューを受ける程度のことしかしない。

「あなたは確か、ファンは相手にしないんですよね。何故ファンと交流しないんですか？　読者の気持ちを知ることも大切だと思いますが」

自分がファンだと言えば大吾は今後隣に座ることもしなくなると思うと、せいせいするとも感じたが、正祐は己が大吾のファンだとは言いたくはなかった。自らもそこは判断しかねるところで、作品に対する特別な感情はあるが自分が大吾のファンだとは信じたくない。

「俺を尊重する人間とだけ話してたら、俺のイエスマンとしか俺は話さないことになる。イエスしか言わない人間と話していてどうする。何か進歩するか。ファンと話すくらいなら猫とでも話した方がマシだ」

高慢とでも傲慢とでも罵ってやりたくなる言い分を放って、大吾は牛蒡を口に放り込んだ。

「あなたの言葉にイエスと言わない以外の選択肢は、話さないしかないと思いますが」

「なら何故おまえはイエスと言わない！　いつでも俺に言い返す。今もだ！」

「矛盾してますよ。イエスが聞きたくないんじゃないんですか。そんなに論旨が一貫していなくて、よく小説が書けますね」

言い合う大吾と正祐の前に、百田がそっとそれぞれに水を置いた。

「二人とも少し呑みすぎだよ」

言いながら百田がやわらかく笑うのに、大吾も正祐も争うのをやめるしかない。

「変なもんだね。三年も二人とも常連なのに、一言もこの間まで挨拶もしなくて。なのにこの一ヵ月以上は、ずっとそうやって仲良くお喋りだ」

「三年も？　そうだったのか？」

今初めて聞いたと、大吾は目を見開いた。

「この間も言ったよ」

その時は興味がなかったのだろう大吾に、百田が苦笑する。

「仲良くはしていませんよ。百田さん」

まるで正祐の存在に気づいていなかった大吾がキョトンとするのに、正祐は子どものように律儀（りちぎ）にそこを否定した。

「嫌いは好きの裏返しだよ。好きと嫌いは、どっちも相手に興味がなけりゃ始まらない気持ちだろう？」

揶揄（からか）う百田に、正祐は強く口を結んで言い返せる言葉が見つからない。

「先生、塔野さんに見覚えぐらいあるでしょう。何度も一緒になったよ、うちのこの狭い店の

カウンターで」

「塔野っていうのかおまえ」

初めて名前を聞いたと、大吾が右にいる正祐を振り返った。

できれば正祐は仕事のことがあるので名前は知られたくなく、今日までそこには触れずに来たのだ。

「塔野麗子に似てるな。何か関係あるのか」

まじまじと顔を見て、完全に今そのことに気づいた風情で不躾に大吾が問う。

誰もが名前を聞かないと連想しないくらい、母親は華やかで表情豊かで色香に溢れ、正祐とは顔以外は全てがかけ離れていた。

「……何も関係ありません」

この間初めて篠田には自分から教えたが、正祐は不用意に人にこの話をしたくない。

母親は知らない者はいないような有名女優なので、幼い頃にはそれなりに少しは嫌な思いもした。実のところ正祐はその件を全く重要視していなかったが、家族から自衛することは強く求められたのでとにかく人には話さない。

「塔野麗子と同じ顔でそんなこというな。反射で勃起しそうだ」

「どんな反射ですか！」

平然と大吾にそんな言葉を言い放たれて、いつも淡々としている正祐の声もさすがに裏返る。

「ガキの頃、『春琴抄』のDVDで随分世話になった。主にシモの方で。あの春琴の瞼が俺には堪らなくてな。何度抜いたかわからん」

「あの文芸作品でよくもそんな真似を……」

何処から何を咎めたらいいのかわからずに、正祐は戦慄いた。

「文芸作品だろうがなんだろうが、欲情するもしないも俺の勝手だ」

「あなた人に求めてることと自分でしてることが、全然違うじゃないですか」

「俺が誰に何を求めた」

「あなたは人に自分の作品に対して完全なる同意を求めるというより、押しつけているとしか思えません。私にもこうして頷くまで迫っているではないですか」

「だからその顔でそんなことを言うなと言っただろう。反射で」

「ケダモノですか⁉」

続くのであろう言葉を、正祐は慣れない大きな声で遮った。

「ケダモノに春琴の佐助を蠱惑する恐ろしいほどの妖艶さが理解できると思うのか⁉　俺は激しく知的生命体だ！」

「それ以前に私は春琴には情動をそそられません！」

「それは単なる好みの違いだろうが！」

「頼むよ二人とも」

困り果てたように、それでも百田はまだ笑顔だ。

「どっちも大切な常連さんだ。もう少し仲良くしてくれたら、俺も嬉しいんだがね。年寄りを喜ばせてはくれないか」

そんな風に百田に言われては、正祐はもう大吾に嚙みつく気にはなれなかった。

「……すまなかった」

それは大吾も同じのようで、驚いて正祐が見ると、意外にも素直に申し訳なさそうな顔をしている。

「申し訳ありません」

倣って、正祐も百田に謝罪した。

「そうだな、たまには平和な話をしよう。おまえはどんな女が好みだ」

今日の議題であった渡された書評を、問われて正祐はそっと大吾に返した。

「私は」

受け取った大吾は、もう興味がないのかぽいと空いているカウンターに投げる。

「塔野麗子には、全く似てない娘がいたな。あっちの方がいいか」

「絶対に嫌です」

悩んでいる間に大吾には姉を提案されたが、正祐はそれこそ反射で拒絶した。

同級生に母親のことを揶揄われたことなどは、子どものしたことなのでそんなには嫌な思い出ではないが、自分が母に似たことで姉に激しい折檻を受けたことは、さすがに正祐にはトラウマだった。姉の萌は絶対的支配者で、幼い正祐が言葉で抗うことを許さずに暴力で物申す手に負えない相手だったのだ。

「とりあえず塔野母娘から離れてもらえませんか」

「娘の方がいい映画に出てるな。よく見かける。女の好みの話で言うなら、俺は断然塔野麗子だが。役者としては塔野萌がいい」

正祐の小さな懇願など大吾は全く聞く気がないのは元々のことで、構わず塔野母娘の話を続ける。

「あまりいい趣味とは思えませんがね。……ご結婚は、なさってるんですか？」

我が母親ながら主婦にも結婚にも母親にもあまり向いていない全身全霊で女優の麗子を思い出して、正祐は麗子がそんなに好きな大吾は結婚できているのだろうかと不用意に尋ねた。

「なんでそんなことを聞く」

不審そうに大吾に尋ね返されて、そういえば東堂大吾のプロフィールは、年齢も出身地も学歴も何もかも一切明かされていないことを正祐が思い出す。

「すみません、ただの興味本位の質問でした。忘れてください」

言うなれば大吾の読者の誰もが知らないようなことを尋ねたのだと慌てて、正祐は手を振った。

「結婚はしていない。家族はいない」

「そんな込み入った話は全く以て結構です」

むきになって正祐が、強い口調で大吾を制する。

「おまえが嫌がるなら、なお話したい。家族はいないってことはないな。両親は健在だし、断絶もしていないがそんなには会わない。昔は迷惑を掛けたが、今は不仲でもない」

やはり隣に座るのは嫌がらせ以外の何物でもなかったのか、大吾はとうとう自分の身の上を語り始めた。

「人生の大事な時期は、ど田舎でじいさんと二人で暮らしてた」

教えられた過去に、驚いて正祐は大吾を見つめてしまった。

それは意外なようで何かすっと腑に落ちることであり、打ち明けるつもりはなかったが、正祐と同じ身の上だった。

人生の大事な時期を、正祐も祖父と暮らしていた。大切なことは全て、祖父が教えてくれたと正祐は思っている。

ただの読者としても、そして「寺子屋あやまり役宗方清庵」の源十郎を慕う者としても、東堂大吾の祖父との事情を正祐は聞きたくなって身を乗り出してしまった。

誰も知らないような秘密を聞くのが嫌だという気持ちを、忘れてしまう。

好奇心猫を殺すとはこのことだと、篠田がいれば言ってくれた筈だが残念ながら篠田はここにはいない。

「どんな、おじいさまだったんですか？」

ただの興味とは言い難い思いで、正祐は大吾に尋ねてしまった。

「んー？」

もったいぶるでもなく、酒の入った器を掴んで大吾が初めて見るような顔で少しだけ子どもっぽく笑うのに、彼がその老人にどれだけのものを与えられたのかが、正祐にはわかる気がした。

今までただの一度も大吾に対して覚えなかった、共感という感情が正祐に湧く。

「形見とて何か残さむ春は花夏ほととぎす秋はもみぢ葉」

抑揚(よくよう)も付けず大吾は、朗々と呟いた。

「良寛(りょうかん)ですね」

それは、死んで遺(のこ)すものは有形のものではないと取れる、良寛の言葉だった。

「……おまえは説明しなくて済むのが唯一のいいところだな。話しやすい」

珍しく大吾が、穏やかな声を聞かせる。

「じいさんは良寛の言葉を好んだ」

それきり、少しだけ遠くを見て大吾は何も言わなかった。もうその老人の話を大吾がするつもりがないことと、恐らくはその老人がこの世にはいないのだろうことが、正祐にはわかる気がした。

己の大切な祖父もまた、もう地上にはいないので。

「俺も興味がある。質問させろ」

ふと、声のトーンを変えて大吾は正祐を真っ直ぐ見た。

「誰を失って、そんなに立ち直れないままでいる」

突然投げられた言葉に、意味を解するまで時間が掛かり、解してのちも正祐は声が出ない。

「そんなに暗い目をして、いつも俯いて。暗い色の服を着て、人と交わることも好まず。他者に歩み寄る力もないほどに、誰を失くした。その人はどんな風におまえを愛した」

何故それがわかるのかと問うことも、正祐にはできなかった。

誰も失っていないと、嘘も吐けない。

確かにその亡くした人は、正祐を愛してくれたことには間違いないので、そんなことはないとは正祐にはとても言えない。

「良寛が言うように、人が人に遺せるものは無形だ。愛だけだ」

酒に口をつけて、大吾は正祐から目を離さなかった。

「おまえは誰かにちゃんと愛された子どもだ。俺にはそう見える」

傍若無人(ぼうじゃくぶじん)とも言える大吾の言葉に、けれど何故だか正祐は腹を立てることができない。

「何故、そう思うんですか」

むしろ、大切な人を称えられたような、久しぶりに覚える少しだけあたたかな思いに正祐は戸惑った。

「いつもつまらん地味なスーツを着てるが、きちんと体型に合ってる」

「見てわかりますか？」

「何処の長さも過不足ない。地味だろうが安かろうがなんだろうが、自分に合ったものが自分を一番美しく見せるもんだ。ガキにはわからんようなことが、おまえにはきちんと身についている。箸の持ち方、食い物への礼儀」

揃えて置かれた箸と、どんなときも食べ残されることのない控え目な量の正祐の器を大吾が指差す。

「子どもが自分で望んで、一人で身につけられるものじゃない。それは誰かが愛情を持っておまえに与えたものだろう。違うか」

違うかと言われたら、正祐は「いいえ」と答える他なかった。

なんて乱暴に人の心に分け入るのだろうと思いはしたが、正祐は大切な人を眠らせているその心の中の部屋を、四年前からきっちり閉めて開けないようにしている。

随分と久しぶりに大吾にそこをこじ開けられて、けれど風を通してやるとそうすべきだったのかもしれないと、扉を開けた部屋への愛おしさが胸に迫った。

「……ありがとうございます」

全く大吾に使いたい言葉ではなかったが、口惜しくても正祐は礼を告げるしかない。

「おまえが礼を言うとはな」

案の定憎まれ口を、大吾は聞かせた。

「褒めていただいてなんなんですが、私はあなたとそんなに歳が違うとは思えません。子どもと、何度かおっしゃいましたが」

「いくつだ」

一つだけ抗った正祐に、大吾が気軽に歳を尋ねる。

「二十七です」

「ガキじゃないか」

「あなたいくつですか」

そんなには離れて見えない大吾に、プロフィールに書かれていないことだと忘れて正祐も無防備に訊いてしまった。

「三十」

あっさりと大吾は、舐められるので敢えて伏せているのであろう年齢を、正祐に教える。

かなり、正祐は驚いた。目の前の大吾は確かにそのぐらいの歳に見えるが、東堂大吾が三十歳だとは思っていなかった。作家年齢からすると若過ぎる。二十歳で文壇デビューしたことになるし、二十歳の頃には不惑の男のようなことを思っていたことになる。

「三つしか違いませんよ」

その驚きは隠して、不満だけを正祐は大吾に伝えた。

「おまえさんはガキだよ」

頬杖をついて大吾が、じっと正祐を見て唇の片方を少し上げる。

「俺はおまえが俺にたてつくのが」

黒いまなざしから逃れられずに、目を合わせたまま正祐は大吾のやけに低い声を聞くはめになった。

「おもしろいんだよ。ガキ」

その大吾の笑みに正祐は、頭の中で「色悪」という言葉を辞書で引いていた。

元は歌舞伎用語だ。恐ろしい程の男前がその顔と色気で女を誑かして騙す、敵役を色悪と呼ぶ。

「そういえばいつもスーツだが。おまえの仕事はなんだ」

たいして興味もなさそうに、大吾は正祐に尋ねた。

読者だとも担当校正者だとも、もう決して知られたくないと、何故だか正祐が強く思う。

「普通のサラリーマンです。説明するようなことは特にない、平凡な仕事です」

存外、大吾との鳥八での時間を惜しんでいる今の自分に、不本意ながら正祐は気づかざるを得なかった。

相も変わらず、源十郎を殺したことや大吾の作家としての姿勢について、鳥八のカウンターで百田に苦笑されながら正祐と大吾が揉めに揉める日々は続いた。

だが夏至もとうに過ぎて夏の風が吹く七月に至るまで絶え間ない邂逅は止まず、お互いの読書傾向が似ているといつからか気づいてしまったことにより、七夕の頃には好きな本について二人はやや穏やかに語らうことも増えてきた。

もっともそのやや穏やかな時間は、三十分持つ日があれば百田に拍手されるようなわずかなもので、好きな本の話をしているのに解釈の違いが少しでも生じると正祐も大吾も一歩も譲らず、議論は平行線のまま数時間に及び百田に「頼む店を閉めさせてくれないか」と笑われることもしばしばだった。

以前より正祐は、鳥八に足を運ぶことが増えていた。

そのことには気づかないふりで、大吾には名字と年齢以上のことは明かさずに語らう夜はただ重なっていた。

「なんか最近、楽しそうだな。塔野」

駅近くの鳥八からは徒歩十五分ほどの住宅地の外れにある庚申社で、新しいコーヒーを淹れている休憩中に正祐は篠田に声を掛けられた。

「え?」

立ち上がってコーヒーメーカーの方を見ながら椅子で伸びをする篠田に、意味がわからず正祐が尋ね返す。

「入って来たときから暗いやつだったから生来暗いのかと思ってたが、最近たまに笑うよ。おまえ。なんだか知らないけど」

「え」

笑っている覚えなどないどういうことかと、正祐は激しく戸惑った。

「世の中の平均値からしたらまだまだ暗いかもしれないが、塔野比で言えば入社時の倍はましだ。口数も増えたし」

「え」

「どうした日本語忘れたのか。仕事にならないぞ」

そんな風に自分が変化していることなど全く自覚がなかったので、ひたすら正祐が驚く。

「あの」

そんなことはないと、正祐は言い返したかった。

笑ったり、何かを楽しんだりすることを、正祐はこの四年望んでいない。ずっと一人の人のことを思って、その人を忘れないためにも他人と交わらずに一人でいたかった。だから最近まで篠田のその親身さに気づくこともせず、礼も言わないでいたのだ。

おまえを愛したのだろうと大吾が言った大切なその人のことを、考える時間が少なくなっていることに、不意に、正祐は気づいて呆然とした。

気持ちが沈み込んで閉じてしまいそうになって、小さく正祐が首を振る。

「あ、篠田さん」

声を掛けられたことで正祐は、自分には篠田に用があったことを思い出して無理矢理顔を上げた。

「ん?」

席に戻って自分の鞄から紙袋を取り出し、正祐が座ったままの篠田に歩み寄る。

「これ。先日実家に置いてある児童書を取りに行ったときに、母がたまたまいたので頼みました」

渡すと篠田は「開けていいか?」と正祐に尋ねてから、中の色紙を取り出した。

「おお! 和志へ!! ちゃんと冷酷な感じでお願いしてくれたか?」

正祐の母親、塔野麗子の達筆なサインの上には、「和志へ」ときちんと呼び捨てで書き込まれている。

「……あの、意味はわからなかったんですが伝えはしました。ナオミかしら春琴かしら、ナオミでいくわと張り切って綴っていました。私がこんなことを頼んだのは本当に初めてなので、随分喜んでくれたようです。篠田さんのおかげで親孝行できました」

「それだよ！　『痴人の愛』!!　いやあ、お世話になったよナオミ……」

本当に嬉しそうに、篠田は色紙を抱いていた。

谷崎潤一郎の「痴人の愛」には、奔放で淫蕩とも言える女ナオミが登場する。母が若い頃「痴人の愛」何度目かの映画化でナオミ役を演じていたことも、正祐には目を逸らしたい出来事だった。

「篠田さん、おかしな人ですよね」

「おまえに言われると強く胸に突き刺さる言葉だなそれ」

「でも私の知人よりはましです」

もっともなことを言う篠田の言い分にはあまり傷つかず、正祐が大吾を思い出す。

「どういうこと？」

「春琴よりはナオミが普通だと私も思います」

同じく谷崎潤一郎作「春琴抄」の春琴を正祐の母親はやはり若い頃に演じていて、その盲目の春琴の瞼が堪らないので蠱惑されると言った大吾を思い出し、正祐は溜息を吐いた。

「何が？」

主語のない正祐の言葉に、篠田は律儀に何度も解説を求めてくれる。

「男性が情動を掻き立てられる女性像ですよ」

「……なんか、塔野麗子と同じ顔で情動とか言わないでくれる？」

「安心してください二度と言いません」

座ったままの篠田が身を乗り出そうとするのに、早口に正祐は言った。

「あ、篠田さん。ついでにこれ……忘れたらまた大変な癇癪を起こされる」

その色紙におまけがついていたことを思い出して、正祐が鞄の中からもう一枚色紙を取り出す。

「何これ」

大きな字でカラフルに「和志へ」と書かれている解読不可能なサインらしきものを、篠田はそれでも読み解こうと一生懸命見つめていた。

「弟が居合わせまして。私が実家に寄ると前日のメールに書いたら何かの仕事を抜けて来たようで、横でマネージャーさんが何度もせき立てていて申し訳なかったです。メールに書かなければ良かったとも思うのですが、告げずに実家に寄ると後から癇癪を起こすので……でもどんな仕事でも抜けてくるので本当に困ります」

「ああ、弟さん。なんだっけあのキラキラしたアイドルグループの一番人気の。塔野……光希？　合ってる？」

「はい。その光希が、正祐俺もサインしてやるありがたく思えと、聞かずに。貰ってやっていただけますか？」

なるほどと篠田が、再びそのカラフルな文字をじっと眺める。

「いいけど……あの子結構若いよな。『和志へ』って、俺も少しは複雑な気持ちになるなあ。俺三十過ぎてんだけど」

「光希は私の五つ下なので、二十二歳です。本当に申し訳ありません。弟のキャッチコピーは『宇宙の女は全部俺のもの』だそうで、でも生まれつきそういう子でした。喋り出したときには一瞬の迷いもなく私を呼び捨てにしていました。姉のことはきちんと『萌お姉様』と三歳で言えたのに、不思議です。その上何故だか、私によく懐いて……」

「なんか大変だな、鬼っ子って。おまえだけがそんななのか。塔野家では」

毎日のようにテレビに出ている塔野光希のそんな日常は誰にでも容易に想像がつくのか、心底同情の声を篠田は聞かせた。

「私は母方の祖父に似たようです。祖父は祖父で、突然母のような娘が生まれてきて戸惑ったようですよ。因果は繰り返すということですね」

「へえ。おじいさんどんな人だったの？」

溜息を吐いた正祐に、篠田が気軽に尋ねる。

答えられず、正祐は言葉に詰まった。

祖父を語れば正祐は、祖父がいないという事実を強く呼び起こさないではいられない。

黙り込んで思い出の中に連れて行かれてしまいそうになった正祐を助けるかのように、いつでも静寂に包まれている庚申社に壮絶な騒音が響き渡った。

だがその階下から聞こえる爆音が、決して自分を助けるものではないことを正祐はすぐに知ることになる。

住宅地の外れにある庚申社は三階建てで、一階が受付や事務室社長室、二階がこの校閲室、三階が書庫になっていた。

「何事だ？」

篠田もぎょっとしたその壮絶な音は、間違いなく一階から聞こえて盛大にドラムを叩くかのような勢いで二階に近づいて来ている。

「なんでしょう？」

「ジョーズが近付いて来るくらいの勢いなんだけど……」

ジョーズの登場音楽が聞こえそうな音に、正祐も一階の方を見た。

「どちらかというとゴジラかと」

「俺たち逃げなくていいのか。なんかやばくないか」

地震ではなく、どうも強盗や殴り込みの類だと篠田が判断した時既に遅く、力技で校閲室の重い扉が開け放された。

「俺の担当校正者を出せ！　三年前から増えに増えまくってる書き込みが全部同じ字だ!!　社

内で回していると白を切るがいつも同じ人間なんだろう⁉　神経質そうなきっちりした楷書体フォントみたいな字を全員が書けるのなら書いて見せろ！」

怒鳴りながら扉を開けたのは、昨日も鳥八で米国人作家エドワード・ゴーリーの「不幸な子供」について正祐が話をした大吾だった。

不幸が凡庸な日常であることに気づくために「不幸な子供」は大切な本だと、珍しく正祐と大吾は完全同意して、初めて勢いで猪口を軽く合わせて乾杯したばかりだ。

「おまえ」

その大吾は、恐らくは激しく軟弱そうな犀星社の担当編集者、そしてたまたま一階にいたのだろう庚申社の社長、壮年というかもう老人と呼んでも過言はない小笠原欣哉に両腕を摑まれながらも完全に腕力のみでそれを引きずって、校閲室の正祐を呆然と見つめている。

戦慄く大吾の右手には、先日正祐がきっちり校正校閲して戻したばかりの「寺子屋あやまり役宗方清庵」シリーズ十六巻の校正原稿が無造作に摑まれていた。

「もしかしなくてもおまえが俺の担当校正者だったのか」

さすがにその事実には大吾も吃驚したらしく、一瞬勢いを失っていつまでも正祐を見ている。

「はい。私が三年前から東堂先生の校正を担当させていただいております、塔野正祐です。いつも大変お世話になっております」

こんな日が来ないことをいつからか心の何処かで強く願っていた己に、こういう事態になって正祐は初めて気づいた。

しかし永遠に隠せはしなかっただろうと観念して、致し方なく名刺を出して大吾に丁寧に頭を下げる。

「名刺なんぞいらん！　おまえよくも涼しい顔をして昨日もゴーリーの話を……っ」

激高のあまり大吾の声が途切れた。

大吾にしてみれば、通りすがりの酔客だと四ヵ月もの間多ければ週一で呑んでいた相手が、親の敵のような校正者だったのだ。

「ゴーリーと仕事は無関係です」

それはさぞかし腹立たしいだろうと、正祐にも大吾の心中は察せられた。

「おい、刺激するな。殺されるぞ！」

隣の篠田が正祐に助言するのは大袈裟ではなく、大吾は今正祐を殴らないのが不思議なくらい怒りに支配されている。

残念ながらその怒りは正当だと、正祐もそれは思った。

無関係な篠田が隣で限界まで体を引いているが、正祐は四ヵ月名乗らなかったことについては騙したようなものだと、殴られても仕方ない気持ちになる。

「……そうだな。ゴーリーと仕事は全く無関係だ。おまえのことは前々から会ったらその場で燃やしてやろうと思っていた！」

「先生！　燃やさないでください!!　お気持ちはわかりますが燃やすのはいけません！」

ここに来るまでに散々言葉を尽くしたのだろう担当編集者は、正祐に摑み掛からんばかりの大吾の腹を抱いてなんとかそれを食い止めていた。

「お気持ちはわかるとは聞き捨てなりません。うちの塔野は燃やされるようなことは一切何もしておりません！　職務に忠実なだけです!!」

同じく大吾を必死に摑んで止めながらも、老人としては恰幅（かっぷく）だけはいい小笠原が聞き捨てならぬと声を上げる。

「今はそんなことを言っている場合ではありません！」

編集者は悲鳴のように小笠原に言った。

「おまえが俺の担当校正者になってから、前任者よりも鉛筆書き込みが三倍になった。三倍だぞ!?　今までそれで通ってきたものが、更に三倍になるという話があるか！　おまえの書き込み量が正当なら今までの担当者が怠慢（たいまん）だったことになる!!」

もっともとも言えることを言って、大吾が編集者と社長を振り払おうとするが、そこは二人も非力なりに全力だ。

「前任者がどうだったかということと、私の仕事とは無関係です。私自身は、間違っていることをしているとは思いません」

担当校正者だと明かさなかったのは悪かったと思っているが、校正そのものについて正祐は一切引く気はない。

「おい、塔野待て。やめろ」

「間違いや疑問があるまま出版することは、先生にとっても読者にとっても不利益以外の何物でもないです」

　心配する篠田の声を聞きながら正祐は、これはどの作家に問われても同じに返すことだと思ったが、大吾に対してだけは言葉以上の何かがあることは否めないでいた。

　しかしその「何か」が何なのかは考えたくはなく、蓋をしてしまう。

「だいたいのことは敢えてやってるのがわからないのか！　史実をそのままなぞって物語が書けるか⁉　人気のない寺子屋に机が並ぶのには、その時々の理由がある。子ども達が朝机を出して帰りに片付けて帰ることぐらい俺だってわかってる‼」

「わかった上での嘘なのか、気づかず吐いている嘘なのか、それは大きな違いだと私は考えます。ですから、それを隈無く確認するのが私の仕事です。もしご存じないまま間違えているのなら、改稿なさりたいこともあるでしょう」

「おまえの指摘は本当に重箱の隅をつつき回すようなことばかりだ！　おまえが担当校正者になってから、俺は校正作業に時間を取られ過ぎている‼　執筆に影響してる！　だいたい俺は完成していない原稿は担当編集者に渡していない。俺は初稿という言葉が嫌いだ。とりあえず上がりましたとか一応脱稿しましたとかいう奴が大嫌いだ！　赤入れられようが鉛筆どれだけ入れられようが一度脱稿した原稿には胸を張ればかやろうという姿勢でやっている!!」

静かに返す正祐に大吾がトーンを合わせることは決してなく、むしろいざ会ってみれば担当校正者が出会うこと四ヵ月目にして昨日初めて乾杯した相手であったことが、火にガソリンを注いだことに間違いはなかった。

「ご立派な姿勢だと尊敬します。それでも確認作業は怠るところではないと思います」

「そういうのを慇懃無礼と言うんだ！　だいたい校正者のくせに文語体と口語体の区別もつかないのか!!　今回の校正もそうだ。台詞の回想を文語に直せば、口語が初出なのに統一しなくていいのかとわざわざ書いてきやがる!!」

「敢えて統一しないのかを確認するのが、私の仕事です。一つ一つ全て確認します」

暖簾に腕押し糠に釘の正祐の態度に、大吾の怒りもおさまる気配がなく編集者も社長も力はもう限界だ。

「……適当に謝れ、塔野」

見かねて篠田が果敢にも、小さく正祐に耳打ちする。

「いやです」

「聞こえたぞ！　適当に謝られて堪るか。いいか見ろ。おまえが今回書き込んだところだ!!」

とうとう大吾は力尽きた編集者と社長を振り切ってしまい、正祐に歩み寄って校正原稿を見せた。

「硯洗いの四十五頁後に『帰り花』が出てくるのは季節的に明らかにおかしい。どちらかを要訂正または要変更」

書いてあるまま大吾が、正祐に読み上げる。

「校正者の域を完全に逸脱してる。作家に向かって要変更だと⁉」

そこは正祐も三年校正をしていて初めて、作家に届く原稿に向かって疑問形で投げかけずに「要」という問答無用の赤字に近い否定である訂正を、鉛筆で入れたところだった。

初めてしたことなので、正祐自身もはっきりと何故そうしたかを覚えている。

そして初めて疑問形ではなく半ば改稿を強制する書き込みを校正者にされて、前々から担当校正者に会いたいと言いながらそれでも申し入れまで踏みとどまっていた大吾も、ついに我慢の限界を迎えて乗り込んできたのだろう。

奥付に庚申社のクレジットは必ず入るので、今までも庚申社にどうしても来たければ大吾は簡単に住所を調べて来ることができた。

その上恐らく大吾の住居は庚申社の近くだ。

何しろ大吾も鳥八で呑んでいるのだから、西荻窪駅が最寄り駅なことに間違いはない。

「それは書き方が乱暴でした。そのことは謝罪します。申し訳ありません。あまりにもおかしな間違いだったので、つい強く書いてしまいました」

鼻が当たるほど顔を寄せている大吾に、正祐は心の中で「近い」と思ったが今は口には出さなかった。

「資料を添付しましたが読まれませんでしたか？　硯洗いは、七夕を迎える準備として旧暦の七月六日に行われる行事です。初秋の季語になります。寺子屋には大切な季節の風景ですから、このシリーズには外せないことと思います」

「当たり前だ」

「季語である以上に、硯洗いには意味を感じるところです。しかし旧暦の七月に、帰り花といういい方はどんな花でもありえないことだと思い『要変更』と書いてしまいました。小春日和に春の花が狂い咲く、冬の季語です。どんな花が咲こうとも、帰り花は冬の花なんです。『波の花と雪もや水のかへり花』と芭蕉も詠んでいます。雪もや水の、『雪』ですよ」

「帰り花には、花魁が遊郭に戻る意味があるのを知らないのか。桜花の件があっただろうが」

桜花とは、シリーズにずっと登場している花魁で、事情があって十六巻で確かに一度は離れた遊郭に戻る悲しい場面が描かれていた。

「桜花が遊郭に戻ることと掛けての、帰り花だと気づかなかったのか」

「私は気づきました」

もちろんそこが読み取れないような正祐ではない。

「けれど読者の何割が気づくでしょうか」

「そもそも帰り花に誰が気づく」

「時代小説を発売日に高額と思われるハードカバーで購入する読者が、帰り花が冬の季語だと気づかないと思われるのですか？」

「そこまで気づくなら桜花と掛けていることにも気づくだろう」

「どうしても桜花の件と帰り花を旧暦の七月に掛けて使われたいのであれば、ご説明が必要かと思います。私の仕事は、俯瞰（ふかん）で作品を見ることです。先生のご意思に読者が辿り着くのは、今回は少々難しいように思いました」

　決して声を荒らげることなく言葉を重ねる正祐に、大吾の勢いも一瞬、引いた。

「源十郎がいれば全て説明してくれたことでしょうね」

　だが余計な一言を正祐が漏らしたことで、大吾はほとんど正祐に摑み掛かった。

「それなんだよ！」

　校正原稿を放さず正祐の腕も強く摑んで、大吾が再び声を荒らげる。

「俺は方々の出版社で小説を書いている。おまえに近い量の鉛筆書きを入れて来る校正者も、実は他にもいる。だがおまえにだけは過剰に腹が立つ！　何故（なぜ）だかわかるか」

「全くわかりません」

　息を呑んで見守る篠田や、床に膝をついている編集者やほとんど倒れている小笠原の気持ちも慮（おもんぱか）ることをしてやらず、正祐は言った。

「おまえの校正には感情が入り過ぎているんだ！　淡々と鉛筆を入れているつもりか⁉　違う

だろう。自覚はあるだろう。おまえの校正は、冷静さを装ってるが感情的なこと甚だしい!!」

言い切られて正祐は、ここまでは思ったまま正直に言葉を返していたつもりだったのに、初めて激しい動揺を覚えた。

人が動揺するのは、思いも寄らない図星を突かれた時に他ならない。

「感情が入るのは当たり前でしょう。私は最初からあなたを愛しているんですから!」

その動揺のままに正祐は、反射で思うまま返してしまった。

「え?」

普通に驚いた篠田の声が耳に入って、正祐が自分が何を言ったかに気づく。

「愛していません!」

「どっちなんだ!」

すぐさま否定した正祐に、限界まで大きく開いていた目を大吾は激しく吊り上げた。

「肝心な言葉が抜けました! あなたの作品、このシリーズを愛しているから最良の形で本にしたくて感情的になります。確かにそれは良くないことです!」

言い訳をしたことにより正祐は、自分でもその感情と目を合わせないようにしてきたが、源十郎というキャラクターだけでなく東堂大吾作品を愛していることを自覚次第即白状するはめになる。

「校正者なのに肝心な言葉を抜くな! 埒があかん。おい、借りるぞ。この校正者!!」

周囲に言い置くと大吾は、校正原稿を編集者に預けて、強引に正祐の腕を摑んだまま引いた。

「待ってください！　塔野は東堂先生の校正だけをしている訳ではありません‼」

懇願して大吾に縋り付いたのは、社長の小笠原だった。

「余計に腹が立つな」

慌ててスーツの上着を摑んだ正祐を、大吾は誰の意思も無関係に連れ去ろうとしている。

「優秀な校正者なので先生方からのご指名も絶えません！　大作の新刊を今も三冊抱えているのに燃やされては本当に困ります‼　何より塔野は一人の人間である前に、将来有望な有能な校正者です！」

「人の命を惜しんだらどうよ……弊社社長」

修羅場による社長驚きの本音に、篠田は大きく溜息を吐いた。

「俺は法治国家の国民だ。燃やしはせん。今後のために、二人きりで話し合いが必要だ。必ず生きたまま返す。……おい、もう今日はここには帰れないものと思え。持つべき荷物は全て持て」

命じられることに理不尽さを感じながらも、逆らっても身一つで引きずられて行くことは明白で、腕を放された正祐がA４原稿の入る大きな鞄を摑む。

「……そう言われると二度と生きて帰らない気がする……」

案じながらも止めることをあきらめている篠田の声を背に聞きながら、いつの間にか夏の夕暮れの迫る往来に正祐は再び大吾に腕を摑まれるままに出た。

　鳥八に行っては百田に大迷惑を掛けることは明白だし、そもそもまだ開いていないと激怒中の大吾にしては随分冷静な判断により、早い時間から営業している駅前大箱系居酒屋に正祐は投げ込まれた。

　酒のあるところというのは外せないのだろうかと呆れながら、正祐も問答無用で生ビールを目の前に置かれたが、百田の味に慣れ親しんでいる正祐にも大吾にも何もかもが口に合わない。

　生ビールまで不味いとはどういうことだとぼやく大吾に、生ビールサーバーの手入れの問題であろうと懇切丁寧に正祐が説明すると、おまえのそういうところが全ての元凶だと大吾はまた怒った。

　しかし慣れない店で首を傾げるような味のものを口に入れる度、何が違ってこうなると大吾が呟いては、正祐がこの速度で出てくるだし巻き卵が冷凍だということもわからないのか産地を見てものを買わないのかと全てを解説して、また大吾が爆発するという負の輪から出られずに二人きりの話し合いは全く建設的にならない。

「駄目だ！　俺は俺の作家性とおまえの校正のやり方を擦り合わせろという話をしたいのに、さっきから枝豆とだたちゃ豆の違いがどうだとか……っ」

「だだちゃ豆にも、小真木、甘露、早生白山、白山、尾浦などの種類があります。鳥八で百田さんが仕入れているものは、甘露です。そんなことも知らないで貴重なだだちゃ豆を食べていたんですか？　呆れます」

「豆の名前なんぞわからなくても、百田のおやじは絶対旨いもんしか出さないことはわかってる！　そっちの方が大事だろうが!!」

「私もそのことはよく存じております。その上豆の名前を知ってもらえたら、百田さんも、山形県庄内地方の皆様もなお嬉しいのではないでしょうか」

投げられた大吾の言い分はもっともに思えたが、今は正祐も一切引く気はなかった。

担当校正者であることがばれて大吾の作品への気持ちを吐露してしまい、何もかもが引っ込みがつかないという、窮地に追い込まれた故のただのやけくそだ。

「おまえの言うことは全部へりくつだ！　俺を愛してるんじゃなかったのか!!　愛していてよくその態度が取れるな!!」

「愛すればこそです。愛しているからもっと良くなって欲しいという、愛が私にこんなにも言葉を尽くさせているんですよ」

テーブルを叩いた大吾の声がことのほか大きく店内に響き、いつの間にか普通に客が入る時間になっていて、大箱ならではの大勢の客が皆二人を見ないわけがなかった。

「私は普段日常生活の中で、あなたと……東堂先生とお話しするときの十分の一も喋りません。

愛とはげに恐ろしいものだと思います」

「本当に恐ろしいな。いつの間にか注目の的だ。話しにくい、出るぞ」

強引に決めて大吾が、伝票を摑んで立ち上がる。

慌てて鞄とスーツの上着を摑んで正祐が立ち上がったときには、大吾はもう会計を済ませていた。

「おいくらですか」

「経費で落とす。打ち合わせ代だ」

「先生にごちそうになるわけにはいきません」

「安心しろ。たとえ何を食わせようともおまえに恩を着せるような真似は一切しない。ましてや冷凍のだし巻き卵などをや、だ」

財布を出そうとする正祐を制して、すっかり夜が訪れている駅前に出て大吾が立ち止まる。

「こんなつまらん平行線の口論を続けたまま、鳥八に行くわけにもいかない。おまえ、ここ地元だろう。たまにだが終電過ぎまで鳥八にいる」

「それはお互い様でしょう」

「俺は今平家物語を押っ広げていて、おまえを家に上げても置く場所がない」

「私を、置く、のですか」

「おまえの家に行くとしよう。どっちだ」

その言い方は余りにもおかしいと正した正祐を無視して、大吾が強引に二軒目を決めた。

「いやです」

「何故だ。源氏物語でも押っ広げてるのか」

「その源氏と、平家と争った源氏は違う源氏です」

「そんなことは俺だってわかってる。何が都合が悪いと聞いてるんだ」

苛立って大吾が、無神経に話を進める。

「三年前にこの町に越して来てから、誰も部屋に上げたことがありません」

「それがどうした。散らかっているのか」

何故それがどうしたなのだろうと、正祐には大吾の強引さは理解の範疇を超えていた。

他人を上げたくないと重要なことを言っているのを大吾はわかっていて、聞く気がないのだ。

「私はきれい好きなので、いつでも部屋は片付いています」

そんな横暴な大吾に抗うすべもなく、言い返す言葉も拒む言葉も正祐にはろくに見つけられない。

「なら問題ないだろうが」

「……駅から、少し歩きますが」

「かまわん」

あきらめて正祐は、自宅マンションのある松庵方面に歩き出した。

松庵と呼ばれるその地区の奥に入ると、背の低いマンションがたまにあるが一軒家が多い。それも古く、懐かしい建築の広い庭を持つ家がいくつも見られた。庭の造形は何処も懐かしく美しい。

「奇遇だな。俺の家も松庵だ」

「あなたの家なんか知りたくありません」

「同じ方角なのに、何故鳥八を出るときわけのわからない方に歩いて行ってたんだ。おまえは」

不意にもっともなことを大吾に尋ねられて、正祐は口を噤んだ。

本当は正祐は、大吾も松庵の奥なのだろうと気づいていた。それはたまたま大吾が先に帰るときに、ほぼ同じ道筋を歩いて行く後ろを歩いたからだ。

家までもが近いとは知られたくなくて、閉店とともに一緒に鳥八を出されても、正祐はわざと逆方向に一度歩いていた。

「夜の散歩が好きなんです」

わざわざ撒いていたのに、会社も知られて家にも上げるしかないのかと、突然巨大な無力感に襲われながらも正祐が自宅マンションの前に辿り着く。

「ここです」

近所の子ども達から幽霊マンションと呼ばれている、灰色の築四十年のマンションを正祐は指した。

耐震のために建て替えなければならないレベルなので、立地は悪くないが異様に安いので正祐はここを三年前に借りたのだ。

「庚申社からもそんなに遠くないじゃないか。なんで駅に戻った」

無駄を踏まされたと不満げに、大吾が正祐を睨む。

「お忘れですか。あなた……いえ、東堂先生ですよ。私の腕を摑んで駅方面に向かわれたのは」

「松庵は好きな土地だ」

憮然(ぶぜん)としたまま大吾は、正祐の背をせっつくように押した。

「元は松庵川がこの辺りを流れていたようですね。今は暗渠(あんきょ)ですが」

昔ここを流れていた松庵川は地中深くに埋められていて、それを暗渠と呼ぶ。

「おまえは呆れるほどものを知ってるな」

古いマンションの階段を、大吾は正祐について上った。

「校正者には向いているとわかって、この仕事に就いてからは余計にものを調べる癖がつきました。多くのことを知っていると、専門外のことでもなんとなくこれはおかしいと気づけるんです。全く別のことと思える二つのことも、同じ世界を構成している点では等しいですから。多くを知れば、知らないことでも整合性の合わないことには気づけます。それは勘ではなく経験と知識のなせるわざです」

「おまえは確かに優秀過ぎる校正者だ」

レトロと言ってもいいような鍵で三階の奥の部屋のドアを開けた正祐に、横柄に大吾が告げる。

「ありがとうございます」

「俺は褒めていない。過ぎたるは及ばざるが如しだ。上がるぞ」

錆の入った重い鉄のドアを押さえている正祐の前を通って、遠慮なく大吾は靴を脱いだ。

溜息を吐いてドアを静かに閉めて、内側から正祐が鍵を掛ける。

何もかもが古いので、鍵を掛ける音も大きく響いた。

どうしてこんなことになってしまったのだろう、東堂大吾を家に上げてしまった。そもそも鳥八に通っていたのがいけなかったのか。いや、そうでなくとも今日大吾は会社にやってきた筈だと正祐が自分を納得させる。

どうやっても回避できないことだったと、肩を落としながら正祐は靴を脱いで部屋に上がった。その上大吾との激しい口論により、意識化にそれこそ暗渠のように埋めていた愛に気づかされて正祐は混沌の中にいる。

「暑い。窓を開けろ」

「あなた怒鳴るでしょう？　もう夜ですし、近所迷惑ですよ。エアコンをつけます」

独身者には少し部屋数が多いとも言える、２ＬＤＫのマンションのリビングに、大吾は迷わず勝手に入った。玄関から真っ直ぐだし、ドアも元々開いている。

内装はさすがに正祐が入居する何年か前に手が入っていて、水回りは随分きちんとしていたが、淀むような古さは滲み出る部屋だ。

天井も低い。上背のある大吾が立っていると、一人でいるときより部屋が狭く見えると、正祐は逃避的な思考に陥っていた。

「本しかないな。あと校正用の机か」

小さな机の他に辛うじて正祐が置いている、一人暮らしには随分大きなソファに断りもなく座って、呆れたように大吾が部屋を囲む本棚を見渡す。

「あなたの家だって大して変わらないでしょう」

エアコンの温度を調整して、隣に座る気にはなれず正祐はソファのそばに立った。

本来は先生と呼ばなければばと何度も正祐は気をつけているのに、四ヵ月も鳥八のカウンターで通りすがりの常連客のふりをし続けたせいで簡単には呼び方が直らない。

「話していればわかりますよ。テレビもないんじゃないですか？」

「おまえほど世離れしていない。落ち着かない、座れ」

大吾よりも世離れしているなど心外だと正祐は言いたかったが、その間もなく腕を摑まれて隣に座らせられた。

大きいとはいえやわらかい群青の布が少し禿げたソファに成人男性二人で座るのは、大層居心地が悪い。

「おまえ、初めて話したときに源十郎を俺が殺したことにやけに怒ってたな。あんなに腹立たしかったなら、校正の段階で相当頭にきただろう」

「その通りです。人間とも思えないような声を上げていたと、同僚が言っていました。夢に見たそうです」

「どんな声だ。上げてみろ、興味がある」

「私はそのときの記憶がありません。源十郎が死んだ章を読んだあと、二日何もできませんでした」

本当に興味本位で声を求めた右にいる大吾を腹立たしく睨めつけて、正祐がもう七ヵ月前になる初めて十五巻を校正したその日のことを思い返す。

二日、本当に真っ白になっていて何も覚えていなかった。

「私は」

何度も鳥八のカウンターで大吾に投げた言葉が、また正祐の喉元に上がった。

「源十郎は好きなだけでなく、宗方清庵にはずっと必要な登場人物だったと今でも思います。少なくとも今の清庵にはまだ、源十郎が必要な筈です」

繰り返しても虚しいのにどうしても言わずにはおれず、正祐が大吾に告げる。

何を思うのかわからないまなざしで、大吾は正祐をただ見ていた。

八畳ほどの洋室はすぐにエアコンの風に冷えて、近くにいると熱いような大吾の高い体温もようやく正祐は少し気にならなくなった。

不意に、大吾がソファから立ち上がって、主に雑誌を収納している背の低い棚に歩み寄る。

正祐が止める間もなく、小さくてシンプルな写真立てを少しだけ丁寧に大吾は摑んだ。

「誰だか知らないが、このじいさんのせいか」

その写真は、正祐の祖父と十八歳の正祐が、並んで鎌倉の海で写したものだった。

慌てて立ち上がり、正祐が大吾から写真立てを奪い返して強く胸に抱く。

その行いが既に、答えを見せてしまっていた。大切に正祐は、胸に祖父との写真を抱いて体を丸めて動けない。

「……放っておいてください」

陳腐な言葉だと思ったが、俯いて戦慄いて正祐はそれ以上何も言えなかった。

「そもそも源十郎の件で、喧嘩をふっかけてきたのはおまえだろう。忘れたのか。鳥八のカウンターで話し掛けて来たのはおまえだ」

咎めるようでいて大吾の声は、いつもより何故だかほんの少しだけやさしい。

「それも、あります。この写真に写っているのは私の祖父で」

そのやさしさに頑なさをほんのわずかだが解かれて、ようよう正祐は口を開いた。

「私にはとても大切な人でした」

写真をやり切れないほど強く、抱いたままで。

「一目でわかる。その写真のおまえは珍しく健やかに笑ってる。おまえが一番美しく見えるものを身につけることを教えて、箸を持たせて命を喰らう意味を教えたのはその人か」

　唇を噛み締めて正祐は、簡単には答えられなかった。

「おまえを最も愛したのはその人なのかと、聞いている」

「……はい。そうです。私を一番愛してくれたのは、祖父でした」

　そう尋ねられては正祐は、否ということはできない。

「両親とは不仲なのか」

「両親とも、姉……はともかく弟とも、不仲ではありません。とても良い家族です。私も家族が好きですし、家族も私を大切にしてくれています。特に弟は意味不明なほどを私を気にします」

　きつく写真立てを摑んでいる正祐の指を、静かに触れて大吾が緩ませた。

　長く息を吐いて、正祐がようやく元の場所に写真立てを戻す。

「塔野一家は私の家族です。塔野麗子は私の母親です」

「そうか。他人にしては似過ぎてるからな。何かなんだろうとは思ったが」

「父は映画監督、母も姉も女優、弟はよくわからないけれどとにかくキラキラしたアイドルです。五人家族で白金の瀟洒な豪邸に生まれ育ち、幼い頃は家族と同じものを他者からも求められました」

そもそも土地柄も合わなかった白金の豪邸を思い返して、正祐は立ち尽くしたまま目を伏せた。

「バイエル、ソルフェージュ、バレエ、日本舞踊、数々の芸事とその発表会の連続。私がそれらに向いていないのは完全に生まれつきの性質です。単純にいうと、家族は好きなのですが私一人全く家族と合わないんです」

「幼少期の環境がそこまでおまえに向いていなかったことは、さぞかし大変だったろう」

甘えるなと言いそうな大吾はさすがにすぐに理解を見せて、その上正祐に同情を示した。

「大変でした。けれど救いだったのは、鎌倉に住んでいた母方の祖父が文学館の学芸員をしていたことです。絵本を読み始めた頃には、私はこの祖父に似たのだとわかりました。恐らく祖父はもっと早くにそのことに気づいていてくれていて、夏休みも冬休みも、私は鎌倉の祖父の元で祖父の本を読んで過ごしました。それが何より幸せな時間でした」

「おじいさまがいて何よりだった」

お互い立ったまま座らずにいることも気づけず、正祐が大吾に祖父のことを語る。

「神奈川の大学を選んで、十八からは祖父の元で暮らしました。この写真はそのときに撮ったものです。祖母は私が中学生のときに亡くなってしまいましたが、祖父は白金に呼ぼうとする母を拒んで一人で鎌倉の古い家で過ごしていました。大学時代は私の人生で、一番幸せな時間でした」

その四年間のことを、夢想するように正祐が思い返す。

海を遠くに眺める古い一軒家には居住スペースと同じ広さの書庫があり、座り込んで本を読んでいるうちに日が翳(かげ)ると、祖父がレトロな洋燈(ランプ)を置いてくれた。

そのあたたかな光の中で長く本を読むといずれは祖父が、「目が悪くなったらこの本を読み切れないよ」と迎えに来てくれる毎日だった。紙に囲まれていたので、火は必ず二人で一つずつ確認しながら消した。つけただけを数えて祖父と火を消すのが、一日の終わりだった。

幸せなどという言葉では、正祐にはとても誰にも伝えられない時間だ。伝えたいとも思わない。自分一人で抱いていられれば充分だ。

「あなたの言ったように、祖父と私の間には多くの説明が必要ないんです。同じ本を読んで私は祖父から与えられる知識を求めているので、甲斐(かい)のない説明などまるで要りませんでした」

「社会に出るとそうはいかん」

「あなたには全く言われたくないです」

「もういないのか」

言い返した正祐に、不作法にではなく、大吾は尋ねた。

唇を固く結んで、答えられずに正祐は写真の祖父を見つめた。

祖父のことをそもそも正祐は、本当に人に語らない。語ればどうしても、過去形を多用しなければならない。

そのことがもう祖父はいないという事実を、強く正祐に思い知らせる。

「はい。四年前に亡くなりました」

なんとか正祐は、それを声にした。

喪失感に覆われて、足に力が入らなくなる。

「聞いてもいいか。お幾つで、どうして亡くなった」

「丁度八十になる直前でした。心臓が弱って……何度か危ないとは医者に言われて。それでも祖父は鎌倉を離れず、地元の病院に入院していました。私は、四年前編集職をしていて、校了中で身動きが取れず死に目にも会えませんでした」

それは正祐の、大き過ぎる後悔だった。

本を作る人になりたいという正祐の願いに、祖父はならば出版社に勤めたらいいのではないかと簡単に答えをくれた。なんとか大手の出版社に就職したもののコンビニ配本される歴史ムックの編集は激務で、鎌倉からの通勤はあきらめなさいと言ってくれたのも祖父だった。

鎌倉を離れてすぐに祖父が病み、入退院を繰り返す中、正祐はそばにいたくて仕事を辞めようとしたら初めて祖父にきつく叱られた。母親も何度も白金に祖父を迎えようとしたが、祖父は生まれ育った鎌倉を離れたくないと、そればかりはどうしても聞かなかった。

「そうか」

悔いに唇を噛み締めている正祐に、小さく大吾が声を落とす。

「俺は自分のじいさんの死ぬところを見たが」

教えられた言葉に、ハッとして正祐は顔を上げた。

「見ても見なくても一緒だぞ」

何か救われる言葉をくれると期待すれば大吾は、ぶっきらぼうにそう言い捨てるだけだ。

「それはあなたが見たから言えることでしょう⁉」

落ちていた気持ちが助けてもらえると思い込んだ正祐が逆上して、悲鳴のように大吾を咎める。

「ああ、そうだ。俺は見た。見たら、死ぬところまでを含めて生きることだとわかった。おまえのじいさんの死んだ瞬間は、おまえのじいさんが生きた時間の中で言えばほんの一瞬だ。死に目に会えなかったことなんかに囚(とら)われるな」

「無理ですよ……祖父しか、私を理解してくれなかったのに送ることもできなくて。入退院を繰り返す祖父に満足に尽くすこともできなくて」

震えて正祐は後悔のままに、祖父への思いに喉元までを塞がれる。

「見たあなたにそんなことを言われたくないです！」

全く理不尽だとわかりながら、正祐は叫んだ。

けれど叫んでようやく、自分の大吾への非難がどんなに個人的感情から来るのかを思い知る。

「祖父を失って、もう編集職への情熱が消えました。この仕事のせいで死に目にも会えなかったとそこから一年も経たずに退職して、今の会社に勤めてすぐに『寺子屋あやまり役宗方清庵』を任されました」

三年前、文字の中にいる源十郎に出会った喜びを、正祐は胸に返した。

「大変失礼ですが、あなたの小説はそのときに初めて読みました。物語の中に出てくる、居酒屋雀の主人源十郎は私の祖父そのもので」

既刊を全て熟読して、仕事のためではなく何度も読み返したことは、そんなに遠いことではないし今も正祐には日常だ。

「源十郎に会うことが私の心の支えでした。祖父がまだ生きているようで、祖父が何か言葉をくれて私を助けてくれているようで、続刊を誰よりも待っていたのはきっと私です」

膨大な読者の中で誰よりも自分がと言葉にすることに正祐は躊躇いを感じたが、そのくらい強い思いだった。

「源十郎を殺さないでください、殺さないでくださいと、何度も鉛筆で書いて何度も消しゴムで消しました」

校閲室で原稿と向き合ってはその場面で手が止まり、やっと書くのをやめたのは消しゴムをかけ過ぎて紙が薄くなったときだったとも、正祐は覚えている。

「当たり前だ」

「あってはならないことです。堪えました」

当たり前だし、大吾には怒鳴られても仕方のない校正者だと正祐は自覚した。

「当たり前だ」

「ちょっと……頭を冷やしてきます。水でも浴びてきます」

あまりにも自分が己の事情から感情的になり、確かに一部校正者の立場を逸脱して大吾の執筆時間を削っていたのだと思い知って、正祐も猛省せざるを得ない。

「ビールかなんか置いて行け」

「冷蔵庫でもなんでも好きに開けてください」

言い残して正祐は、リビングを出た。もう二間あるが一部屋は本当に狭くただ書庫にしていて、もう一室は寝室にして衣類を置いている。

外にも出られるボーダーのシャツにグレーのスウェットという部屋着を摑んで、正祐は大吾に告げた通りバスルームに駆け込んだ。

服を着たまま、頭から冷たいシャワーを浴びる。

宗方清庵シリーズ十五巻の校正以降の大吾の怒りが不当なのではなく、自分が大吾に対して不当だったのだと知ったことは正祐には大きな衝撃だった。

ずっと東堂大吾を腹立たしく思い憎んでさえいたのに、感情的になって理不尽なことをしていたのは自分だった。

そんなことを自覚する日は、人生でも多くあることではない。

どれだけ水を浴びてもとことん落ちる気持ちを正祐は掬えなかったが、冷え切って仕方なく濡れた衣服を脱ごうと試みた。

そんな理性の及ばない行いをして初めて、濡れたワイシャツは脱ぐのが酷く大変だと知る。

「……一つ勉強になった」

なんとか服を全て脱いで、水を浴び直すと正祐は体を拭いた。

部屋着を着て、謝罪しなくてはならないと意を決してリビングに戻る。

一歩リビングに入って、水を浴びるという原始的な方法でできるところまで鎮めた正祐の気持ちがすぐさま再沸騰した。

観音開きの扉がついた本棚を、ミネラルウォーターを右手に掴んだ大吾が、開けてまじまじと中を見ている。

「何をしているんですか！」

慌てて正祐は駆けて、扉を閉めて本棚を背に隠そうとした。

「なんでも好きに開けろとおまえが言った」

「冷蔵庫の話です！」

「本棚だなと思って、開けた。俺は何処でも本棚があれば見る。だがこれは」

動揺する正祐に、大吾が不審を露わに首を傾げる。

「全部俺の本だったな。デビュー作から全てあるな。ハードカバーもあれば文庫まで何もかも揃えてる。一万部しか刷らなかった文芸小説まであった。その上どうやら、この扉付きの本棚は俺専用のようだ」

見たまま本棚の中身を語られて、正祐は体中の血が恥ずかしさで沸いて死んでしまえそうだった。

だが人間はそう都合良く、恥ずかしさで死んだりできない。

「……私は、あなたの担当校正者ですから。あなたを知ることは重要です」

ある日骨董屋で見つけた木製の観音開きの本棚を気に入って購入し、しばらく正祐は何も詰めずに部屋に置いていた。そのうち何か詰めたい本を詰めるだろうと他人事のように思っていたら、無意識の自分は東堂大吾の本をここに並べてしまったのだと、その上正祐は今の今まで気づいてさえいなかった。

「なんなんだおまえ。時代小説だけじゃなくて、俺が全て好きなのか。宗方清庵や源十郎だけでなく、俺の熱烈なファンなのか」

言い訳にもならない正祐の短い言い分などもちろん大吾は意に介さず、若干奇妙そうに問う。

「あなたのことなんか大嫌いです！　いつでもそうです！　自分のルールを曲げずに、それが当然だという顔をして!!　文芸作品が売れないのも文芸であることが問題なんじゃないです。共感性が低すぎるんですよ！」

謝ろうとしていた気持ちなど何処かに吹っ飛んでしまって、正祐はそんなことは絶対に認めたくないと慣れない労を尽くして声を張ってむきになった。

「なんだと⁉」

突然の反撃に、水を飲んで少しおとなしくしていた大吾も声を荒らげる。

「あなたは作家として致命的な欠点があります！　読んでいる人間の気持ちを少しも考えていない‼」

「必要あるかそんなもん！　俺は書きたいから書くだけだ！　読みたきゃ勝手に読め‼」

「そのくせ批評家の言い分に反論するのは何故ですか！」

窓を開けていたら通報されるレベルの口論を、エアコンの風が冷ましてくれる気配はなかった。

「俺の日本語が通じないやつがいるのが気に食わないだけだ！　俺の日本語が通じなくて誰の日本語が通じる！」

「日本語が通じていないのはあなたです！　私が言っているのは、相手の気持ちを推し量ることもしないくせに何故反論を許さないのかと言ってるんです！」

滅多に上らない血が大吾によって何度も頭に上らされて、正祐はもはや頭痛がするほどだ。

「たとえばあなたのデビュー作は本当に酷いです。誰一人救われなかったら何処にカタルシスを見つけるんですか⁉　書く意味は何処ですか！」

「そんなものはおまえが勝手に読んでるんだから何かおまえの方で意味を勝手に見つけろ！」

「勝手に見つけられたものが自分の結論と嚙み合わないことを、あなたは許さないじゃないですか！　その矛盾は時折作品への歪みに間違いなく繋がっていますよ!!」

逆上しながらも理路整然と咎（とが）める正祐の言い分を聞いて、大吾が今まで憤りながらも時折見せていた少しの余裕や、多少は楽しんでいたのかもしれない風情（ふぜい）を完全に取っ払う。

「……俺は万年ノミネート作家で十年ネクストブレイクと言われたまま、文壇での地位は何も無い。だが、時代小説は出版不況のこのご時世にミリオンヒットを飛ばし続けるベストセラー作家だ」

不意に、大吾の声が今までになく静まり、言葉がゆっくりになった。

「よく知っています」

お陰で危ないと言われていた老舗（しにせ）の出版社である犀星社（さいせいしゃ）を立て直せたことも、業界では有名な語り草だ。大手出版社も大吾に時代小説を書かせたがるし書いてもいるが、最初に時代小説の話を持って来た犀星社を大吾が最優先していることは、本を並べて背を見れば一目瞭然（いちもくりょうぜん）だった。

「昨今、ここまで率直に対面して俺を非難したのはおまえが初めてだ。俺を非難することに誰も利がないので、誰も俺を責めない。それは俺にとっていい環境ではないとは常々思っていた」

「あなたにそんな真っ当な判断力があって何よりです」

それは自分の非難を真摯（しんし）に受けとめるという意味なのかと、一瞬正祐も勢いを下げる。

「だが実際そう声高に咎められると、本当に心から不愉快だと今日初めて知った」

しかし正祐は、まだまだ大吾を理解してはいなかった。

「俺の武器は言葉だから、それが通じない相手は殺すしかない。おまえのことはもう、八つ裂きにして殺すか犯すかしないと気が済まない！」

それは全く比喩でもなんでもないのか、大吾が逆上して正祐の腕を摑んで部屋に対して大き過ぎるソファに押し倒す。

「どっちがいい⁉　殺されるのと犯されるのと！」

押し倒されたというよりはソファに投げつけられて上に乗られて、体格差も力の差もあって正祐はもう身動き不可能だった。

完全に大吾は抑制不可能なほど理性を飛ばして見えて、犯されたくないと言えば本当に殺されると正祐には思えた。

心の中の秤に、正祐が与えられた選択肢を真剣にそれぞれ乗せる。

命が終わることには全く頷けなかった。

「殺されるのは、いやです」

ようよう声を、正祐が絞り出す。

「何故だ」

殺されたくないという人間に、何故という話があるかと思えないほど、正祐は男に間違いなく殺意を持って迫られている状況に混乱して瞬きもできなかった。

「あなたの小説がもう」

命に正祐は人並みの執着はあったが、一番の心残りを探してみたら、それは最も気に入っている本棚に並べている東堂大吾の書いた文字を読めなくなることだと気づく。

「読めなくなるのはいやです」

顔の横に手をつかれて、正祐は思ったまま告げてしまった。

投げられた言葉に、大吾の殺意が不意に消える。長く大吾は、正祐の渡した言葉を神妙に反芻していた。

「俺も殺人者になるのは嫌だ。お互い同じ選択で合意できて何よりだ」

「合意って……」

惑う正祐に構わず、大吾が自分のシャツを脱ぎ捨てる。

「ちょっと待ってください……っ」

息を呑む正祐の部屋着に手を掛けて、あっさりと大吾はその半身を裸にしてしまった。

「安心しろ。そのうち衆道ものを書こうと思って、そこそこ勉強はしてある。稚児の抱き方くらいは学んだ。夢中庵魯鈍の『男色四十八手指南』も読んだし、『稚児草子』も目を通した」

「稚児って……」

もちろん出てくる単語の意味は正祐も全て激しく理解できたが、それと大吾と自分がどう関係するのかにまだ思考が追いつけない。

熱い大吾の掌で、頬に触れられて正祐はびくりと身を引いた。

とはいえソファに体を押しつけられているので、身を引くといっても気持ちだけの話で体は逃げ場がない。

「犯すと言ったが、俺に性的搾取を望んでも無理だぞ」

「涅槃寂静ほども望んでいません」

「最小単位にはせめてナノを用いろ、普通はわからんぞそれ。性暴力は俺のモラルが許さんので強姦はしない」

「じゃあやめればいいじゃないですか」

頬を撫でられて何かおかしな方向に気持ちが引きずられるのをどうしても止めたくて、正祐は震える声で訴えた。

「おまえはこののっぴきならない状況が、殺人もセックスもなしに回避できると思うのか。お互いの愛憎が全てぶつかったんだぞ」

「……あなたの言うことが全くわかりません」

理屈づけながらも大吾は、熱の籠もる親指で正祐の唇を丁寧に撫でる。

「完全合意しろ」

耳元で乞われて低く変に艶のある声を注がれたまま唇を触られて、いつだったか大吾を見て色悪と思ったことを、正祐は思い出した。

「犯さないでください」

「言い方を変えろ」

「どんな風に」

消え入りそうな声で正祐が問うと、顔を上げさせて髪を撫でて大吾が正祐の目を覗く。

「抱いてくださいだろうが」

そうだこの顔だと正祐は、色悪という言葉そのものの大吾の笑みに、背が震えた。

怖さと、何か、別の感情が動く。

「そんなこと言いたくありません」

辛うじて正祐は、なんとか大吾に刃向かった。

「殺されるよりましだろう」

言いながらも大吾は正祐を眺めたまま、唇を繰り返しなぞっている。

「あなたより目茶苦茶な人には会ったことがない」

「褒め言葉だ。おまえは俺を責めるのも、俺を褒めるのも上手いようだ」

喉元を撫でられて、体温を強く感じるほど顔を近づけられても、正祐は大吾から目を逸らすことができなかった。

「俺に抱いて欲しいだろう?」

ゆっくりと濡れた声で、大吾に尋ねられる。

目を閉じたらお終いだと、正祐は思った。目を閉じたらきっと、そこから先は全て大吾の思うままになる。

「殺されるよりは」

わかっていたのに正祐は、大吾に見られていることが耐えられなくて、瞼を閉じてしまった。

「ましです」

それを返事と受け取ったのか大吾は、髪を抱いて唇に、唇を合わせてきた。

散々に指で嬲られた挙げ句の口づけに、正祐は無抵抗に自分を貪る者を享受することしかできない。

「……っ……」

強引で乱暴なくせに何故そんな風に丁寧に唇を解くと正祐は大吾を殴りたかったが、声も出ずにただ舌を吸われる。

唇を舐められて端に軽く歯を立てられて、肌が跳ねて正祐は縋るように大吾の肘を掻いてしまった。

「ん……」

口づけは長く続いて、唇を舐りながら大吾は正祐の肌を隈無く丁寧に、熱い指で撫でて回る。

「んあ……」

これは自分の肉体だろうかと、正祐は激しく戸惑った。

他人に触られることなどほとんどない肌は、男の手に探られてまるで知らない者のように熱を上げて、おかしな疼きが寄せてきて正祐の正気を揺るがす。

やがて大吾の唇は耳を撫でてうなじを降りて、ずっと指で触れていた胸の先で止まった。

「あ……っ」

そこを舐められて吸われて、自分の体にそんな部分があることさえ普段は忘れている正祐が、悲鳴を上げて身を捩る。

「初物じゃないのか」

胸に歯を立てて充分に正祐の身を捩らせて、不満そうに大吾は言った。

意味がわからず、正祐はひたすら声を堪えるので精一杯だ。

「おい、どうなんだ」

「何が……ですか」

堅くなるのが自分でもわかる場所を指で強く摘まれて、また声が上がりそうになるのに正祐が必死でそれを殺す。

「おまえ、涼しい顔をして男を知ってるのか」

「なんの……ことですか」

「俺が初めての男なのかどうかを聞いている」

「男性にこんな真似をされたことは一度も……そうです一度もないのになんでこんな……もう勘弁してください」

何を大吾に訊かれたのかを理解したら冗談ではないと正祐は少し正気を取り戻して、その腕から逃れようとしたがまた胸を吸われて力が入らなかった。

「ならいい。初物でもないのに男を抱くなんざこっちも萎える」

「萎えれば……いいじゃないですか。ご無理をなさらなくても……」

「おまえの方は、触ってもいないのに」

肌に当たる感触で、胸を蹂躙されるうちに正祐が反応していることに気づいて、大吾が満足そうに笑う。

「本当に、もうご容赦ください！」

「合意は済んでいる」

悲鳴を上げた正祐に、構わず大吾は下肢を裸にした。

「その上おまえも、俺に性的興奮を覚えている」

「やめてください……あなたのせいじゃないですか」

「それは随分と情動をそそる台詞だな」

躊躇いはないのか大吾が、指を絡めて正祐のそれに触る。

「いやです……っ」

「俺もおまえにどうやら欲情している。良かったな、相身互いだ」

「こんなときに使うような言葉ですか⁉　や……っ」

唇を塞がれて大吾の指で上下に撫でられ追い上げられて、正祐は焦燥に何度も大吾の背を掻いた。

「……っ……、ん……っ」

口の中を散々に侵されて、指では激しくそれを嬲られて、正祐は迫り上がる感覚をどうすることもできない。

「ん……っ、や……めて、ください……やめて、お願いします……っ」

口づけを解いた大吾に、涙を滲ませて正祐は懇願した。

「何故だ。いつものように、理路整然と理由を俺につきつけろ。納得したらやめてやる。おまえがこんなに熱を上げているのにやめなけりゃならない訳を、きちんと言葉にしてみろよ」

「こんな……ところを……っ」

声を注ぎながら大吾は、正祐を追い詰めることをやめるどころかなお激しくするばかりで、正祐は言葉を綴ることさえままならない。

「あなたに……見られるなんて……っ」

耐えられない、と泣いたときには、正祐はもう大吾の指を濡らしてしまっていた。

「……っ……、は……っ」

上がる息よりも涙が止まらなくて、正祐が両手で顔を覆う。

「……悪いが、おまえが扇情的過ぎて俺も理性が全く及ばない」

「あなたの何処に……理性が」

切れ切れに咎める正祐の手を取って、大吾はまた口づけた。

口腔を侵されて、力の入らない体で正祐は大吾に縋ってしまう。

「稚児には、ふのりだ。何かないか、油みたいな」

「あるわけ……ないじゃないですか。ふのりなんて」

ふのりとは江戸時代に男が少年を抱くのに用いた潤滑油で、当時は普通に販売されていたものだ。

「だから、ふのりの代わりになるものがないかと訊いてる」

「あなたの稚児になるつもりはありません」

「人の指を泣いて濡らして、言えた台詞か」

言い放されて正祐の顔が、小刀があれば自決したいほどの羞恥に赤くなる。

「ふのりがないと、おまえが怪我をする。そう書いてあった。それとも舐められたいか」

「絶対いやです」

真顔で問われて、正祐は即答した。

「何か出せ。ふのりを出せとは言わん」

観念して正祐が、近くにある棚を目で示す。

「……各部屋に一つワセリンが……ありますが」

棚の上に忽然と、薬局に普通に売られているワセリンが置いてあるのを大吾は見つめた。

「ああ、最適じゃないか。なんでこんなもんがある。いつでもやる気なのか」

一瞬正祐の上から退いて、大吾がそれを手に取る。

逃げるなら今だと思った瞬間にはもう大吾に乗られていたが、正祐にはそんな風に俊敏に逃げられる力はそもそも残っていなかった。

「違います……紙に水分を取れらる仕事で指が切れやすいので、置いてます。会社にもあります」

蓋を開けて中身を大吾が指にたっぷりと取るのを、呆然と正祐が眺める。

「あの……」

稚児とふのりで理解はしているものの、それでも何処にそれをとまだ思う自分がいて、大吾が指を当てた場所に正祐は息を呑んだ。

「絶対無理です！」

「おまえだけいって終わりか。そんな不公平な話があるか。殺し合いならお互い殺されてなんぼだろうが」

「うわ……っ」

ゆっくりと指を押し入れられて、未知の感覚に正祐が騒ぐ。

「だったら私も指でします！　同じようにしますから……待ってください……っ」

抗っても大吾は、正祐の中を丁寧に探った。傷つけまいという意図だけは伝わるが、それをありがたく思える心の余裕は正祐にはそれこそ1ナノもない。

「待って……っ」

「おまえの肉に興味がある」

縋る正祐の言い分を聞かずに、指で肉を掻き分けながら大吾はそこを滑らせた。

「違うな。おまえの肌に激しい情動をそそられる」

二本の固い指で正祐の肉を開かせて、奥へと大吾は蠢かせる。

「いや……です……、やだ……っ」

「佐助を蠱惑した春琴のように、おまえが俺を挑発したんだ」

そんな勝手な言い分があるかと正祐は言い返したかったが、指が正祐のまるで知らぬ何かに行き当たって体がびくりと震えた。

「んあっ」

不意打ちに耐えられず、声が喉を出て行って酷く掠れる。

「……なるほど。夢中庵魯鈍の書き残したことは嘘じゃないようだ」

「いやだ……っ」

「いやじゃないだろう?」

耳たぶを食まれて体の奥を強く弱く掻かれて、正祐は我を失いかけて助けを求めるように大吾の背を抱いた。

「そうだ。まるで幼子だな」

「あ……っ、んんっ」

存分にそこの感覚を呼び起こされて、知らない強い悦楽に正祐はただ怖くて堪らない。

「幼子を抱くのは全く論外だが」

呟いて大吾は、指を引いた。

「ん……っ」

「おまえは大人で、抱いてくれと泣いて俺に頼んでいる」

「誰が……そんなこと……」

足首を掴まれて大吾に膝の間に入られて、正祐が違うと首を振る。

「俺が欲しいと泣いて、おまえの中は焼けるように熱いぞ」

唇を合わせると大吾は、ゆっくりと正祐の肉に体の一部を入り込ませた。

「あぁっ」

指とは比べものにならない容量のあるものに押し入られて、正祐が大吾の背を激しく掻く。

「そんなに怖がるな。力を抜け」

一度止まった大吾に囁かれて、髪を撫でられた弾みに正祐は言われるまま弛緩してしまい、更に奥まで大吾を受け入れるはめになった。

「んあっ、あぁ……っ」

「痛いのか。気持ちがいいのか」

尋ねながら大吾は、正祐を抱きしめながら中の行き来を激しくしていく。

「もう……やめて……っ」

泣きじゃくって乞えば身のうちで大吾が更に固さを増して、正祐はその背にひたすらしがみつくしかなかった。

「痛いだけじゃなさそうだな。一つ新しいことを体で理解できて良かったじゃないか」

憎らしいことを言う大吾に抗議する言葉も、正祐には見つける余裕がまるでない。

「大丈夫だ。おまえがどんなにはしたない痴態を演じようが」

「ん……あぁっ」

揺さぶられて言い表されたまま自分が喘いでいることを、正祐は理解したけれど快楽に流される体に抗えない。

「全部見てちゃんと覚えててやるから、好きなだけ乱れろ」

いっそ殺してくれと言えば良かったと思ったのが最後のまともな思考になって、正祐は大吾の望むままに乱れて泣いた。

「結構盛大にやっちまったな」

朝の光の中祖父の形見分けで貰ったソファの上で自分を抱いている男がそう言い放つのに、日本が法治国家であることを正祐は生まれて初めて憎んだ。

法を犯すことは正祐の性質には合わない。どんなに目の前の男を八つ裂きにして嬲り殺したくても、正祐にはとても実行できない。

「……何を、言ってるんですか。あなたは」

掠れた声で咎めるのが、正祐にできるせいぜいのことだ。

「きれいに言うと後朝だ」

清々しく言う大吾の胸に裸で抱かれていることを正祐ははっきりと認識したが、涙に痛む目が容易には開かない。

「きれいに言わなくても、後朝だな」

「辞書には……後朝は常に男女のものと書かれています」

髪を撫でる大吾の手を振り払う力も、正祐にはなかった。

「後朝は後朝だ。男は初めて抱いたが、それにしても誰かと寝たのも久しぶりだ」

ふと、今そのことに気づいたと言うように、大吾が呟く。

「他人と肉体を交えるということは、容易じゃないな。疲れるもんだ」

のうのうと言う大吾を、正祐は正しく非難するに足る言葉を見つけることができなかった。脳内に膨大な辞書を持ちながらもそれは検索不可能だ。

「……あなたに私のダメージが伝わることは永遠にないのでしょうね」

生まれて初めて男の手で正体不明になるまで蹂躙された成人男性の気持ちを推し量れと、正祐は大吾に言いたい。

「俺がおまえの立場なら、自決か殺人でどちらかが死ぬのでその仮定は無意味だ」

「自決か殺人に及ぶようなことをしたという、ご自覚はおありなんですね」

咎める正祐の声は、異様に掠れていた。

「おまえ、随分気持ちよさそうに泣きじゃくってたぞ。そんな快楽を与えた相手にはもっと感謝したらどうだ」

その声の掠れる訳をすぐに教えられて、正祐はそれでも何故自分が大吾を殺さずにいられるのかもはやわけがわからない。

「恐らくおまえが思っているよりずっと、俺は責任感の強い男だ。一度自分の体液を掛けた者はそれ相応に扱う」

「日本語をわかりやすくしないと読者が離れますよ……」

何を言っているのかさっぱり理解できず、正祐は無力に苦言を呈した。

「抱いたらちゃんと、俺のものにしてやる」

髪を撫でて大吾が、ようやく開いた正祐の目を覗き込む。

「おまえをきちんと俺の女にしてやる。幸い顔も好みだ。泣き顔もなかなか見物だった」

「あなたのその最低最悪な封建的人間性は、時折激しく作品に反映されているのでお気に留められたらと思います」

冗談じゃないという安易な言葉を選べないところが、正祐の病とも言えた。

「それは俺の作風だ。文句を言うな。俺を愛してるんだろう?」

「主語が抜けています」

愛していると言ったのは作品のことだと、正祐が強く訂正を求める。

「おまえが抜いたのは、目的語であり、所有格のついた名詞だ」

「……衝撃と動揺の余り、大切な文法までもが疎かに。あなたを殺して私も死にたい」

とうとう正祐は、この朝陽の中自分が最も望むところを正確に言葉にすることができた。

「そっちの方が面倒だし、あまりにも非生産的だ。存外具合も良かったので、おまえを今日から恋人として扱う。おまえもそうしろ」

「どうしろと……?」

存外具合がいいとはどういうことだと聞いてしまえば、懇切丁寧に答えが返るだろうことを何より恐れて、正祐は起き上がろうとしたがまだ力が入らない。

大吾の言う通り、普段個としてしか生きていない者が他人と肉体を交えるということは、あまりにも大きなことだと正祐は必要以上に思い知らされていた。

その実感は絶対に大吾の比ではない。

「俺に従えということだ」

面倒で非生産的で法に背いていても、この何処からでも何度でも生まれいずる殺意に今こそ従うべきなのではと、正祐は深く思考した。

「おまえの名前、確か正祐だったな。昨日初めて聞いたが」

「……後朝に、一応恋人にすると言った相手に……名前の確認を？」

散々嬲ってそれこそ体液を掛けまくった相手に、今名前を確認するのかと思えども、正祐は内なる渾身（こんしん）の殺意と対話中で本当はそんなことはどうでもいい。

「おまえの世代には珍しい、地味な名前だ」

満足そうに髪を撫でている男を、正祐はどうやって殺せるのかそれが何より疑問だった。

「祖父がつけたそうです」

台所には刃物があるが、それを以てしても打ち負かされる想像ができる理性が、残念ながら正祐にはある。

「そうじゃないかと思った」

「何故ですか?」

不意に、思いがけないことを言われて、正祐は初めて自分から大吾を見た。

「じいさん、文学館の学芸員だったんだろう? 金子みすゞの弟の名前だ」

「よくおわかりですね。金子みすゞの弟はペンネームで活動していたようですが、私につけられた名前は本名です」

祖父にその人の名前をつけられながらも、けれどそれ以上のことをほとんど正祐は知らない。

「私も気づいたときには少しこの人物のことを調べましたが、あまりいい話は出てこなくて」

「近親相姦的な噂話も絶えないしな」

即座に大吾が言ったように、最初に正祐が金子みすゞとその弟について調べようとしたときには、弟から姉への恋慕があまりにも多く語られていてそれ以上追うのをやめてしまった。

自分に萌(もえ)という姉がいたことも、幼い正祐を大きく留めることだった。弟から姉への恋をリアルに想像して、それは正祐には全く無理な話だ。

「ええ。ですから祖父が何故私にこの名前をつけたのかも、聞いたことはないです」

文字という文字に病のように触れたい正祐には、自分の名前の由来である人物、しかも文学に関わる姉弟について知らないままなのはあり得ないことだった。

だがとにかく上山正祐(うえやままさすけ)を紐解くとすぐに姉への恋と出てくるので、正祐も何故祖父がこの名前を選んだのか理解できていない。

「そうか」

久しぶりに自分の名前と向き合って、大吾が少し残念そうに呟くのに、正祐にもその気持ちが移った。

「聞けば良かった……生きてるうちに」

ぼんやりと、正祐が大吾に抱かれたまま独りごちる。

そうして自分が、祖父の死後四年経ってなおまだ名前のことを調べない理由に、正祐はすぐに気づいた。

もう姉弟の恋など本当は気に掛からないのに、調べないのには今は別の訳がある。

「おまえほど物を知っていて、金子みすゞについて知らずにいられるものなのか。『わたしはふしぎでたまらない、たれにきいてもわらってて、あたりまえだ、ということが。』俺でも諳んじられる」

「金子みすゞの詩は素晴らしいです。それはさすがに避けようがなかったですが、弟のことは本当に触れないようにしてきたので」

「そうか。だがおまえは俺の情人なので、今から俺はプライベートではおまえを名前で呼ぶぞ。正祐」

暴挙に次ぐ暴挙を重ねられて、正祐は名前と祖父を思うところから瞬く間に気持ちを引き戻された。

「……そんな訳で私には、名前についてはかなり複雑な思いがあるのですが」

「そうか正祐。悪い名前じゃないと俺は思うので、そこはおまえが勝手に一人で複雑に考えておけ」

暗にやめてくれと抗議した正祐を再び名前で呼んで、大吾が唇に唇を合わせる。

「……っ……」

朝の明るい陽差しの中で平然と口づけられて、正祐は悲鳴を上げかけたがすぐに大吾に放された。

「シャワーを借りる。おまえの体液が肌についた。しかも大量に」

わざわざ言い置いて大吾は、正祐を一応丁寧にソファに置くと、脱ぎ散らかした己の衣類を拾って返事も聞かずにバスルームに消える。

程なくシャワーの水音が聞こえたが、昨日正祐は湯を沸かす設定にしなかったので、「冷めてえ！」と叫ぶ大吾の声がソファにまで届いた。

会社に行かなくては自分も起き上がらなくてはと思いながら、正祐は体を動かすと自分の身に何が起こったのかをはっきり思い知る羽目になる。

「殺してしまいたい。可能なら牛裂きの刑で」

恋人だの情人と自分を呼んだ男のたてる水音を聞きながら正祐は、江戸時代に実際に行われた罪人の手足に二頭から四頭の牛を括り付けてその牛を火で追い暴れさせるという、残虐な処刑法を克明に想像して決して叶わぬ望みを声にした。

編集部から正式に差し戻された大吾の小説を、適切と思われる程度の校正原稿に直して正祐は返した。

それは「寺子屋あやまり役宗方清庵」十五巻以前に正祐の感情がなんとか戻ったに過ぎず、前任者の三倍であることに変わりはなかっただろうが、大吾からの苦情は来なかった。担当校正者の変更はなしでと、改めて犀星社からは申し入れられた。

どんなに百田に会いたくてもさすがにもう鳥八に行く気持ちにはなれず、半月が過ぎて東京の盆もとうに過ぎた頃、去り際に大吾が強引に正祐から番号を聞き出して行った携帯電話に着信が入った。

恋人にするというのは戯れ言だったと安堵していた正祐を、大吾は問答無用で映画に誘った。掛かりきりになっていた小説が昨日やっと上がったからという完全なる大吾のみの都合で待ち合わせを決められて、会社が終わってから電車に乗って新宿に出て、慣れない単館の映画館で正祐は大吾の隣に座って映画を観ていた。

電話口で大吾は開口一番「待たせて悪かったな。デートだ」と言い放ったので、どうやらこれはデートムービーということになる。

しかし大吾が勝手に決めて勝手に買って正祐に渡した映画のチケットは、「地獄の黙示録」というハードなベトナム戦争映画のリバイバル上映だった。

「生き地獄ですね……」

主人公のアメリカ兵が、密林に潜むベトナム兵に戦慄しながらジャングルを行き川を漕ぐ姿に、呆然と正祐が呟く。

「上映中に喋るな」

すかさず大吾に注意されて、慌てて正祐は口を閉じた。

何故大吾はこの映画にしたのだろうと、とてもデートムービーとは思えない惨状が繰り広げられるのに正祐が無意識に映像から逃がれようとして椅子に背を張り付かせる。

理由はいくつか考えられはした。

意外と社会派で、単にこのリバイバル上映を大吾が観たい。東堂大吾が社会派なのは別に意外でもなんでもないと、全ての作品を読んでいる正祐はすぐに気づいた。

それにしても後朝の次がこの映画というのはいかがなものだろうかと、やはり正祐は考えずにはいられない。

そもそも正祐は映像物にほとんど触れないので、文字とは違う戦場のインパクトには今まで知らなかった迫力を伴う恐怖が大き過ぎた。

　この映画に耐えられるか自分を試しているのだろうかとも、途中何度も正祐は思った。耐えられるか否かと言われたら二度観たいものではないが、自分は知らなかったが名作であり婉曲に戦争のなんたるかを伝える傑作であることに間違いはないと、疲れ果てながらエンドロールを眺める。

　まさに地獄のような永遠かと思える三時間が終了したが、久しぶりに観た映画がこの作品であったことだけは大吾に感謝しようかと思いつつも、インパクトの大きさに正祐はすぐには立ち上がれなかった。

　完全に映画館の灯りがついて退出を願われていることに気づくと同時に、正祐は大吾に腕を摑まれ立たされた。

「自分で立てます」

「エンドロールを全部観るまで座っていられないやつとは、俺はつきあえない」

　狭い映画館の階段を先に立って降りながら、大吾が言う。

「おまえは合格だ」

「審査を受けたつもりはないです」

　不本意だと、映画の感想を言いたかったのに正祐は口答えをした。

「上映中に喋ったのはいただけなかったがな」

「……あれは、すみません。私はほとんど映画を観ないので、最初の衝撃が大きくつい口から言葉が出てしまいました。本当にすみませんでした」

「どうだった。久しぶりの映画は」

「一言では語れない作品でした」

「じゃあ何処かでメシでも食いながら語り合うか。すまんな、凡庸なデートで」

人の多い夜の新宿で、大吾が店を探して辺りを見回す。

この男は凡庸の意味を理解していないと正祐は思ったが、自分もまたよくは知らないくらいの自覚はあった。

「適当な店に入って、この間みたいなことになるのも嫌だな。鳥八に行くか」

「え」

西荻窪に戻ることを提案されて、正祐が戸惑う。

「急に書きたくなった小説を予定外に無理矢理スケジュールに入れたもんだから、半月おやじの顔を見てない。元気か、鳥八のおやじは」

尋ねられて正祐は、当然のように新宿駅に戻ろうとする大吾と歩きながら困り果てた。

「私も、半月行っていません」

「どうした。珍しいな、週一以上行ってただろ。どう考えても」

改札を抜けて中央線のホームに向かいながら、無神経に大吾が問う。

その後連絡もない大吾と鳥八で顔を合わせたくない繊細というよりはごく普通の神経を、大吾に理解してもらうのは無理なのかと正祐は絶望した。

「……正直、あなたと二人で鳥八に行くことにも抵抗を覚えます」

せめて他の店にしてくれないかと正祐は願い出たつもりだったが、そんな消極的な言い分を大吾が聞くはずもない。

金曜日午後十時台の中央線下り電車は、激しく混雑していた。

映画どころか電車にもあまり乗らない正祐は、ラッシュのこなし方もわからない。

あちらこちらに揺れていると、大吾に腕を摑まれてドアに背を押しつけられた。前に立っている大吾が正祐の後ろにあるドアに手をついているので、混雑に正祐が巻き込まれることはない。

意図されているのかはともかく大吾に守られる形になっていることが正祐は不満だったが、口には出さなかった。


「久しぶりな上に二人揃って。どうしたの珍しいね」

鳥八は西荻窪の駅に近く、松庵（しょうあん）方面に出たところにある。

暖簾（のれん）を潜って店に入ると、少し間を空けたのに百田がいつもと変わらない柔和な笑顔で、正祐と大吾を迎えてくれた。

「たまたまな。そんな日もある」

店はいつものように酔客に混んでいるが、カウンターが四つ空いている。

「仕事が立て込んでおりまして……お久しぶりです」

百田に頭を下げて正祐は、大吾が奥から二番目の椅子に座ったので自分は奥に座った。

正直正祐は、心から安堵していた。剛胆で何を言い出すかわからない大吾なら、半月前二人の間にあったことを、平然と百田に言うのではないかと内心それが不安だった。

よく考えてみれば大吾はいつも百田のことは尊重しているので、しなくていい報告で老人を驚かすことをする筈もない。

狼狽え過ぎだと正祐は自分を窘めようと思ったが、平気な顔をして自分の隣にいる大吾がおかしいのだとすぐに気づく。

「生二つ」

意向を聞かないまま大吾は、正祐の分と二杯の生ビールを頼んだ。

「いつ私が生ビールをお願いすると言いましたか」

「いつおまえが最初の一杯目を生ビールにしなかった日があった」

尋ねた正祐に大吾が呆れて笑うのに、自分を恋人と扱うと言った言葉の通りにしているのなら、恋人の大吾は比較的紳士なのだとも知る。

その比較対象は普段の大吾なので、いつもの大吾よりは紳士というだけの話で、世間一般から見て紳士な訳ではもちろんない。

「はい、生二つ。お通しは冬瓜を炊いたよ」

生ビールと小鉢をそれぞれの前に、百田は丁寧に並べた。

「串物、適当に焼いてくれ。任せる」

大吾が百田にそう頼むのに、正祐も逆らう気持ちはない。

「……秋茄子は嫁に食わすなというのは本当は旧暦の話で、冬に掛かる頃の茄子は体に悪いからとも言われているんですよね。この話の真偽はともかく、茄子は夏の今頃が旬です」

「茄子の煮浸し追加」

旬のメニューを見ながら正祐が物欲しげに呟けば、大吾は百田にそれを追加した。

「楽しかったか。映画」

ジョッキを掲げて大吾が待つのに、乾杯をするのだと気づいて慌てて正祐がジョッキを合わせる。

少し驚いて百田が振り返ってしまった通り、正祐と大吾が乾杯をしたのは、三月にここで初めて会話して以来半月前の晩のたった一度きりのことだった。

食事の前に乾杯をしたのは、これが初めてになる。

「楽しいかと言われると、決して……。でも観て良かったです。不思議な話でもあるのに、酷く現実味を帯びていて恐ろしかった」

どうやら大吾は冗談ではなく本当に自分を恋人にしたのかと思うと、ならば後朝のあと半月も音沙汰のなかったことについては光源氏気取りかと正祐は言いたくもなった。

待っていたつもりなどびた一文なかったが、正祐は電話が鳴らないことが以前よりほんの少しだけ、この半月は気に掛かった。

「あの、私は普段ほとんど映画を観ないので参考までにお聞きしたいのですが」

「なんでも聞け」

もう半分生ビールを飲んでしまって、大吾は冷酒のメニューを手に取りながらも正祐の顔を見ている。

「エンドロールの最後まで座っていたい、理由を訊いてもいいですか」

それはそもそも映画を観ない自分には特にない決めごとだったので、正祐は訳があるなら聞いてみたかった。自分にない常識をただ知りたかっただけだが、つきあえないとまで言い切るなら余計に知りたい。

好奇心だと正祐は解釈していて、強い決め事の理由を知りたい相手には多少は興味があるのだと、百田なら言うところだとは気づかずにいた。

「おまえは？　今まで映画を観たときにはどうしていた」

「数少ない記憶を辿れば、いつも最後まで座っていたようですが。理由は考えたことがないです。今日に於いて言えば、作品の衝撃で立てなかっただけです」

「ふうん」

たいした言葉を返せない正祐に、大吾は笑っている。

「エンドロールが観たいからとか、作品への敬意とか、座ってる客の邪魔だろとか探せば俺にも理由はあるかもしれんが。別に声高にどうという訳があるわけじゃない。……おやじ、写樂二合徳利で。猪口二つ」

相談なしに大吾は最初の日本酒を決めてしまったが、正祐はその選択には不満はなかった。丁度、それが呑んでみたいと思っていたところなのが口惜しいくらいだ。

「俺はつきあうなら、日本酒が好きなやつがいい。一緒に日本酒が楽しめる」

すぐに百田から差し出された徳利と猪口を受け取って、大吾は見る間に正祐と自分に写樂を注いだ。

「そんな程度の理由だよ」

それは簡潔だが納得するのには充分な言葉で、それならもう一つ尋ねたいと正祐が猪口を取って頭を下げる。

「……もう一つ訊いてもいいですか?」

「なんでも訊け」

さっきと同じ気軽さで、大吾は正祐に言った。

「今日の映画を選んだ理由を、聞かせてもらえますか」

「ああ」

猪口を口に運びながら、珍しく大吾がしくじったような顔をする。

「悪かったな、いきなり戦争映画で。リバイバル上映が、さっきのが最後の回だったんでつきあわせちまった」

もしかしたら大吾が軽くでも謝ったのは初めてではないかと、正祐は驚愕して声も出なかった。

「はい、串盛り合わせ。茄子の煮浸し」

話が途切れるのを見計らったように百田が、二人の前に皿と小鉢を置く。

カウンターの向こうで忙しく働いているのに何故か急いで見えない百田を、大吾と正祐は同じ間合いで、同じように眺めて沈黙した。

百田は恐らく知恵があり、それを人に分けることを少しも惜しまないがおしつけることもない、誰にでもやさしい老人だ。慕っている百田が誰にでもやさしいことに対して正祐には少しの妬みもなく、そのぐらいの情が今は丁度いい。

隣にいる男は、過分だと正祐は溜息を吐いた。

「なんだか知らんが、今日の映画はじいさんが昔観たがってな」

ふと、大吾が百田を眺めながら話を戻す。

「俺は十四歳から二十一歳までを田舎町でじいさんと二人で暮らしてたんだが、十八の時だったか。同じように新宿でリバイバル上映があって、あまり田舎を出たがらないじいさんが観たいというので、つきあって新宿まで来て一緒に観た」

遠いその日を見るように百田を見て、肩を竦めて大吾は意外にも思えることを正祐に教えた。

「あのときはわけがわからんというか衝撃しかなかったが、今観るとまた違うもんだな」

「どう違いましたか？」

「おまえも十二年後にまた観てみろ」

子どものように訊いた正祐に、大吾が笑う。

「じいさんと暮らしてたのは、岩手の遠野で。美しい場所だが便が悪いのがとにかく難だった。滅多に東京に来ることなんかなかったから良かったが」

「柳田國男ですね。行ってみたい土地です。しかしそれはまた……新宿に来るのは一苦労でしたね」

訪ねたことはないが遠野が東京から相当離れていることくらいは正祐にもわかって、老人と二人で新宿に来たのかと思うと、労う声も自然と漏れた。

「大変だったさ。まずじいさんの家から遠野駅まで車で一時間、そこから新幹線に乗り換える新花巻まで一時間。半日掛かって新宿について、映画一つ観るのに片道の交通費が二人で三万円だぞ？　その上じいさんはホテルが嫌だと言って、泊まりは修善寺だ」

「夏目漱石の修善寺大患ですか」

修善寺には夏目漱石が執筆も療養もした宿があったと、正祐が思い出す。

「それは菊屋旅館だな。じいさんは芥川龍之介や泉鏡花や幸田露伴が泊まった新井旅館がいいだろうと、離れを予約していた。なんでも全部じいさんが手配したので、俺は本当についてきただけだ」

「新井旅館は、写真で見たことがあります。それは素敵な旅行ですね」

文化財に指定されている新井旅館の風情のある建物は正祐も資料で見ていて、文豪たちが愛したことも頷けると眺めた記憶があった。

「行きたきゃいつでも連れてってやる。ここから修善寺におまえを連れて行くことなんぞ、あのときの長旅に比べたらわけもない。じいさんについていくだけで俺は音を上げそうになったが、じいさんは疲れたの一言も言わないんでむきになって歩いたよ」

遠野から新宿、新宿で今日の映画を三時間観てそこから修善寺に移動して、更には一泊して帰ったのかと思うと、正祐も聞いただけで言葉もないほど疲れる話だ。

「離れは当時、一泊二人で六万だった」

「私は結構です」

瞬時に正祐が、先刻の申し出を辞退する。

「経費で連れて行ってやる」

「結構です」

「岡本綺堂（おかもときどう）を気取って『修禅寺物語』でも書くさ。俺は金のことはどうでもいい部類の人間だとは思うが、じいさんは更に度を超えてた。普段少しの酒と本にしか金を使わない人だったのに、映画一つ観たいと昨日言い出したかと思うと翌日には迷わずそれだよ。ガキだった俺にはわけのわからんことをするじいさんだった」

いつもより穏やかに大吾が己の祖父を語るのを、正祐はただ黙って聞いた。

大切な人の話をしているのだとわかって、それはいつまでも聞いていたいような、心地のよい歌のような話だった。

「最初にじいさんがわけのわからん大金を派手に使ったときのことは、忘れられん」

目を伏せて何を思いだしたのか、大吾が苦笑する。

もういない人の遺した思い出への、深い愛情と敬意が溢れていて正祐はただ続きを待った。

「聞くか」

そんな正祐に気づいたのか、仕方がなさそうに大吾が問う。

「ええ、是非」

ちらと大吾に見られて、好奇心ではなく良質な本を捲るような気持ちで正祐は身を乗り出した。

子どもに何かをせがまれたような顔をして、大吾が小さく笑う。

「俺が十のときに、親父が死んだ。じいさんの一人息子だ。じいさんと一人息子は仲違いをしていて、俺はじいさんにはほとんど会ったことがなかった」

恐らくは大吾が敬っているのだろう老人と、何故十四歳から二人で遠野の暮らしが始まったのかは、とても興味深いが正祐には想像もつかなかった。

「十二で母親が再婚したんだ。今思えば何もそんなと思うが、ガキだったんで俺は荒れに荒れた。半分ヤクザみたいな先輩とつるんで、十四のときに無免で先輩の新車を運転して派手に電柱にぶつけちまった」

「……それは、割と大事でしたね」

特に悪さをせずに生きてきた正祐にも、無免許の十四歳がヤクザの新車を運転して電柱にぶつければ、どうなるのか多少は想像がつく。

「とにかく相手が悪くてな。両親のところに怒鳴り込んで、口止め料と車代で一千万を要求されたよ」

「一千万……?」

その金をどうしたと尋ねるのも憚られる金額に、正祐は猪口を取り落としてしまいそうになった。

「ただの教師だった義父が、分けて払うと言い出した。そこにじいさんが、祈和会(きわかい)のついでだと一人息子の仏壇を拝みにふらっと現れた。その頃俺は埼玉に住んでいたんだが」

「祈和会?」

途方もない話に拾えるところが見つからず、知らない言葉が出てきたのでついどうでもいいことを正祐が訊いてしまう。

「何か、あれだな。戦中戦後のこう、思想的な集まりの会だ。もうみんな死んだんで、その会はない」

丁寧に大吾は、本筋から逸れることも説明してくれた。

「じいさんは母親から話を聞いて、その一千万でクソガキを買ってやろうと言い出した」

一千万で老人が子どもを買うと言ったと、理解に及ばず正祐がただ目を丸くする。

「俺だよ」

悪戯っぽく、大吾は親指で自分を指した。

「母親も義父もそんなことはできないと言ってくれた。俺も遠野なんてど田舎に行くのは嫌だった」

両親が反対したという展開に、正祐が結末も忘れて安堵する。

「だがじいさんが、そのクソガキはおまえらの手には負えないそのままだとガキはシャブ中か何かで死ぬぞと両親を説き伏せて。どうせ早晩自分は死ぬからそのときは好きに何処へでも行くといいと、ポンと一千万払って遠野に俺を連れ帰った」

串が冷めるぞと大吾に付け加えられて、正祐は慌てて手前のハツを取った。

話しながら大吾も、いつもと変わらずに肉を食んでいる。

「夏だったな。何しろカッパ淵があるようなところだ。埼玉はベッドタウンなんだよ。何処までも団地が連なるような町なのに、何処までも緑しかない遠野は異世界だった。最初は全力で何もかも反抗した。けどヤクザの言いなりになって一千万払うのが気に入らないと喚けば、どうせ悪銭身につかずだとあっさり返されて終わる。そんなじいさんと遠野で暮らしていたら、不思議なほど居心地が良くなってきた」

このカウンターで大吾が、自分の身の丈に合った衣服や食事の仕方を見て、誰かに愛されたのだろうとこともなげに言い当てたことは不思議でもなんでもないことだと、正祐は今更知った。

十四歳からの多感な時期を、大吾は自分には足りなかった愛情や教育を恐らくは充分に注がれて遠野で育ち、また、そのことを自らきちんとわかっている。

正祐は大吾に目に映る様々を指摘されるまで、それが祖父に与えられたものだと気づいていなかった。

祖父が生きているうちに大吾のように何を受け取っているかをもっと理解して、尽きない礼を返したかったと、正祐がもう戻れない時間をまた悔やむ。

「写真でしか見たことがありませんが……夏の遠野はきれいでしょうね」

けれど少年だった自分が鎌倉の海辺を祖父と歩いたときの美しさは、きっと大吾が十四で見た緑と等しいのだろうと、まだ見ぬ遠野を正祐は想像した。

「……ああ」

離れて久しいのか遠い声で、大吾が正祐にゆっくりと頷く。

「あの美しさは筆舌に尽くしがたい」

「そこを尽くすのがあなたの仕事です」

「うるさいなおまえは本当に」

茶々のつもりではなく乞うた正祐に、大吾は遠野からようやく帰った。

「じいさんには様々を教わった。おまえと同じだ。じいさんは元教員で、退職後は畑を耕しながらひたすら本を読んでいた。古い家の敷地には蔵があって、中には本が積み上げられていたよ。それを読むかじいさんと話すかしかすることがないから、作家になったようなもんだ」

「あなたほど作家以外の職業が思いつかない人もいませんが」

「余計なお世話だ。だが、まあそうだな。俺は中学もまともに出てない。二十一まで、じいさんが俺の教師だった。学歴も資格も何も無い」

プロフィールを公表しないのは特に書くことがないからだと、大吾は肩を竦める。

「……そう聞かされると、学校にはたいしたことはないような気持ちになります」

現在の大吾の筆力と知識をよく知る正祐には、自分が大学を出たことさえ無意味に思える話だった。

「俺はたまたま自分のじいさんがああいう人で、幸運だっただけの話だ。じいさんがふらりと仏壇を拝みに来なけりゃ、今頃は刑務所がいいとこだろうよ」

話を聞けば強ちそんなことはないとも言えない大吾の少年時代に、ただ正祐が沈黙で返す。

「じいさんと親父は、似てたんだと思う。二人とも極めて社会的だ。ろくに口もきかなくなるほどの不仲の理由が、政治思想の縺れだぞ」

笑い話だと大吾は、呆れ返ったように言った。

「昨今中々ない、随分立派な不仲ですね」

「親父は、フリーのジャーナリストだった。紛争地域に行ったっきり何ヵ月も連絡もないのが当たり前の日常で、ガキの頃俺はそんな親父が自慢だった。母さんはおまえが守れと言われて、守ったつもりで得意だった」

「とても……少年らしいと思いますが」

「そうだな」

子どもの頃の自分を慰められたような顔をして、大吾が似合わない素直な相槌を聞かせる。

「自爆テロに巻き込まれて死んだんだ。俺は馬鹿で、ジャーナリストは死なないもんだと思ってたんで驚いたよ」

なんでもないことのように大吾が語るのに、すぐには正祐も言葉が見つからなかった。

けれど聞かされてぼんやりと、その記憶は自分にもあると思い出す。

「……二十年くらい前ですか？　ニュースを見たのを覚えています。大きなニュースになっていたような」

「おまえ七つじゃないのか。よく覚えてるな。確かに毎日テレビで親父のことを流してたが」

「私も……日本人の報道記者が亡くなることがあるのだと、最初に知った出来事だったので覚えているんだと思います」

子どもの思うことは多分皆似たようなもので、正祐も日本人の報道記者は必ず何かしらで守られるのだろうと思い込んでいたから、そのニュースは酷く恐ろしく心に残っていた。

「盛大な、葬列だった。そこに親父がいたことは間違いなかったそうなんだが、爆発が激しくて何も残らなかった。空の棺で、遺体もないのに国葬みたいな告別式で。俺は何処までも馬鹿なガキで、その葬列も自慢だった。本当に馬鹿だったよ」

「お父様は……大切な息子さんが自分を誇ってくれるのは、本望だったのではないですか？」

馬鹿だったと二度繰り返されてふと耐え難く遠慮がちに言った正祐を、不思議そうに大吾が見る。

「すみません。見ず知らずの亡くなった方の気持ちを、代弁するような真似をして」

「いや。そうは考えたことがなかったが、言われれば親父は満足だったかもな。紛争をなくそうとして最前線まで行って死んだのに、息子にまで馬鹿だと思われたら堪らんな。……そうか、そうだな」

何か腑に落ちたように大吾は言葉を繰り返して、小さく息を吐くと冷たい酒を呑んだ。

「まあ、俺は親父を尊敬してた。だがわずか二年で母親が再婚して、それで荒れた。新しい父は、善人だ。小学校の教員で、今はもう校長になったよ。たまに会うが、立派な人だと思う」

何しろ一千万を最初に払おうとしたのはその義父だと、大吾がほんの少し申し訳なさそうに呟く。

「だが、十二で父親が新しくなるということも、受け入れられなかったし」

少年らしい感情をそのまま、大吾は打ち明けた。

「何より、母親が恋をしたことと、その相手が父親とまるで違って見える男だということが耐えがたかった。おとなしい男で。思想もない、いわゆるノンポリだ。別に何も悪いことじゃないのに、許しがたいと思った」

思想もないと言いながら大吾が義父を決して咎めてはいないことは、口調から正祐にも伝わる。

むしろそれを咎めた過去の自分を、大吾は責めているように見えた。

仕方のないことだと正祐は言いたくなったが、自分の経験から何か言葉を選べるとはとても思えず、黙って続きを待つ。

「人間の持つ愛情は一つではないことを、俺はまだ知らなかった。身近な人間を幸せにするのは、母親が選んだ義父のような人だと今は理解はしているつもりだ」

自分に言い聞かせる大吾の言葉の意味を、正祐は頭の中で一度全て文字に起こして、丁寧に咀嚼（そしゃく）した。

「それでも政治的であることは、俺はやさしさの一つだと思ってる。多くの人を親父は救いたかった。母を幸せにはしなかったがな」

難解な言葉を使うわけではないのに、今大吾の話したことをきちんと理解するのに正祐には時間が掛かった。

時に独善とも映る大吾の作品に現れる熱量が、何処から生まれるのかを知る。

それを自分は知りたかっただろうかと、正祐は戸惑った。

こうして大吾を知ってしまえば、きっと今までとまるで同じ気持ちでは東堂（とうどう）大吾の書いたものは読めない。もう既にそれは無理だ。

理解が深まり、それは冷静さを欠くことに繋がるだろう。

校正者である前に一読者でもあったさっきまでの自分と、否応なく正祐は別れる他なかった。

「この間はおまえの話を聞いたから、今日は俺の話をした。つまらん話をしたな」

黙り込んでいる正祐の猪口に酒を注いで、大吾は徳利を空にした。

猪口に広がるきれいな波紋を、正祐が眺める。

「いいえ」

きれいな波紋を作ったのが大吾の大きな手だと気づいて、目の前の男の話を今聞いたのだと完全に正祐は飲み込んだ。

「つまらない話では、ありませんでした」

「おまえの受け答えがつまらん」

本当につまらなさそうに、大吾が快活に笑う。

「他人に自分の話をしたのは初めてだ」

ふとそのことに気づいたと、空の徳利を振って大吾は椅子の背に肘を置いた。

「いや、おまえは他人じゃなかったな。泊めろよ、今夜。俺の家は今資料が散乱して寝る場所もないし、俺はあの幽霊が出そうなマンションが気に入った」

また大吾は色悪そのものの顔をして、わざと夜のことを思わせるように口の端を上げる。

頷けば間違いなく、大吾はこの間よりもっと正祐を酷く嬲って、泣かせるのだろう。今この場でよく肌に触れないことができると思うほど、大吾のまなざしが既に正祐を抱いている。

この男は自分を恋人だと言って、そう扱っていると、正祐はやっとそのことと目を合わせた。

今日は随分凄惨な映画を観たが、どうやらデートらしきことをしたようだ。何しろ電話で最初に男が、デートだとはっきり言っていた。

恋人だということは、この男に情けを掛けられているのだろうかと、それを何か頼もしく思う自分には激しく戸惑う。

長いこと正祐は他人と、肌どころか心も合わせずにいた。この四年は誰かのものになるどころか、誰かとわずかに触れ合うことさえせずに生きていた。

寂しさの意味も正祐は、もう忘れようとしていた。この男に触れられるまで。

「なんだか、近所の小学生がそういう名前でうちのマンションを呼んでいるのを聞いたことがあります。東堂大吾ともあろう者が、小学生と同じ表現力とは呆れますよ」

憎まれ口を正祐はきいたが、泊めないとは言わなかった。


「……衆道ものを……書き始めた……」

たまにエアコンを止めて歴史校正会社庚申社校閲室の窓を開ければ、夏休みに入った子ども達の意味不明の叫びも飛び込む、暦の上では立秋の八月頭が巡った。

出版スケジュールになかったものの、急遽発行したいと犀星社から頼まれた大吾の新作を読んで、正祐は鉛筆を取り落として大きく震えた。

——急に書きたくなった小説を予定外に無理矢理スケジュールに入れたもんだから、半月おやじの顔を見ていない。

大吾曰く初デートの夜に確かに彼がそう言ったことを、正祐がまざまざと思い出す。

「私は参考資料か……こんな……詳細な……性描写……必要なのか時代小説に！」

衝撃の余り正祐は、心の内が全部口から零れていることに気づけずに似合わない大きな声を上げた。

「どうした、塔野」

相変わらず隣の席でマイペースに校正をしている先輩の篠田が、さすがに声を掛けて来た。

「……なんでもありません。すみませんうるさくして」

「東堂先生の飛び込みの新作、衆道ものなのか？」

丁度休憩と決めたのか篠田は立ち上がって、耳に入った言葉を口にして興味深そうに正祐の手元の原稿を覗き込む。

本当は正祐は、上半身を倒して隠したかった。その勢いで突然だが津軽海峡に身投げしたいくらいだった。

今見えている見開きを篠田が読んでいるだけで羞恥で死ねそうなのに、出版されたらもう誰の顔も見られない。

衆道とは、大きくいって江戸時代の男色関係のことだ。元々は武家が小姓を女性の代わりにするところから始まっているともされるが、元禄の前後には様々な形の男色が大流行して、彼の井原西鶴も「男色大鑑」を綴った。

男を抱く男が念者、男に抱かれる男が若衆と呼ばれて、今篠田が覗き込んでいるところで派手に乱れている若衆がどう考えても自分以外の何物でもなく、正祐は本当に死にたい。

初手を思い出せば、大吾は二つの選択肢を与えてくれた。

どっちがいい⁉　殺されるのと犯されるのと！

はっきりとそう言って、大吾にしては随分親切に選べと言って正祐にくれた。

あのとき迷わず殺してもらうべきだった。もしくは自分で切腹するべきだったと、正祐は倒れそうだった。

「へえ、随分リアルに濡れ場描いてあるんだな」

「見ないでください」

能面のような顔で正祐は、冷酷な声を篠田に浴びせていた。ただの八つ当たりな上に、正祐は己（おのれ）の有り様に気づけていない。

「すまんすまん。まあ出版前だから読まないが、そりゃ多分売れるだろうな」

その態度に慌てて篠田は過剰に謝ったが、正祐にとっては非常に引っかかることを言った。

「どうしてですか。衆道なんて今時、珍しくも流行りもしないでしょう」

それは絶対に避けたい事態だと、強く正祐が篠田に言い切る。

「一般小説のメジャーな男性作家が、衆道の濡れ場を綿密に描写したのは話題になるよ。そこまでの描写は井原西鶴の『男色大鑑』以上じゃないか？」

「『傘持つてもぬるる身』は、しっちゃかめっちゃかなことも多い西鶴にしては名作でした。

でも何百年前の話ですか。素晴らしい話でしたが、若衆は結局最期は真実の愛を貫くために、忠義を誓った主君の元で両腕を斬り落とされた挙げ句に首を落とされてなんぼみたいな救いようのない絶望的な話でしたよ。念者は復讐の末、後を追って自害して果てました」

名作「傘持つてもぬるる身」を読んだときのやるせなさを思い出して、そうか大吾は最後は自分の両腕を斬り落とした挙げ句殺すのか、なら何故こんな目に遭わせる前に殺さなかったと、正祐の思考こそがしっちゃかめっちゃかに乱れた。

「どうしたんだおまえ。言葉遣いが若干乱れてるぞ。嫌いか、衆道もの」

「好きとか嫌いとか、そんな生やさしい言葉では語れない格別の感情があります」

「お、おい。トラウマとか聞かないぞ、俺」

「トラウマはたった今この場で生まれました」

全く篠田には意味のわからないことを口走って、幽霊マンションの今度は寝室で、記憶も覚束無いほど大吾に泣かされた晩のことを正祐が思い出す。

「『どうか深く我が身へと、若衆は泣いて喘いで掻き乱れ』か。なんかすごいな東堂先生。どっかでお稚児さんでも泣かしたのかね」

声に出して篠田に大吾の書いた文章を読み上げられて、ぼんやりとした記憶の中で、あの夜確かに自分がそのようなことを言ったと、正祐の耳元に泣いて大吾を乞う己の声が蘇った。

「だとしたらそう言えと強要したのでしょう。誰が好き好んでそんなことを言いますか」

それを正祐が言ったのは、言わなければそうしてやらないと、散々に大吾に体を追い詰められたからだ。頑なに唇を噛むと大吾は耳を痛いほど食んで、言葉にして乞えばすぐにそうしてやると背が震えるような色悪そのものの声で繰り返され、正祐は泣いて音を上げた。

「やめろよそういうリアルな反発……なんか知らんがトラウマがあるなら、替わるぞ。校正。そういえばおまえ、完全に小姓顔だもんな。きっと『傘持つてもぬるる身』の美貌の寵童小輪はおまえみたいな顔してたんだろうな……」

「絶対に嫌です！　小姓顔ってなんですか!?　そんな表現聞いたことがありません！」

隣でこれを篠田が読むことを想像したら気が狂いそうになって、なりふり構わず正祐が叫ぶ。

尋常ならざる正祐の様子に、篠田は明らかに引いていた。

「……何故、これが話題になったり売れたりすると思うのですか。内容としては、時代小説ではマイナーなネタです」

「知らないのかおまえ。女性読者に受けるんだよ」

「何がですか」

受けるなどという言葉を重ねられて、正祐の能面が更に酷い無表情になる。

「世に疎いな。女性の、男色ものが好きな読者層がいるんだ。専門の分野もある。だが普段書かない男性作家がそこまでリアルに書いたなら、そういう方が売れるんだよ」

「意味が全くわかりません。すみませんそれより小姓顔について、詳しくご説明いただけませんか？　私は小姓にならなくてはならない顔をしているのでしょうか。小姓になるのは小姓の顔に問題があるからですか。両腕を斬り落とされて首を落とされても仕方のない顔をしていますか」

売れるなどとそんな可能性の話はもう欠片も聞きたくもないと、正祐は引っかかった言葉に戻った。

自分が小姓顔だから、大吾は物語の中の若衆のように散々に泣くほど抱くのかと思うと、それもまた殺したいほど腹立たしい。

「いや……だから、それは今目の前に衆道小説があるから、たまたま俺が作った造語。わかりやすく一般的な言葉を使うなら、おまえの顔はどっからどう見ても女顔だろ。所謂一つの紛う方なき瓜実顔だよ。お袋さんに似たんだ、しょうがない」

腹立たしさはきっちり伝わったのか、篠田は懸命に何かを擁護したが、篠田自身も必死になる余り自分が何を庇って話したのか見失ったようだった。

「ホント気づいた途端、もうおまえのことが塔野麗子にしか見えないんだよね。実際。三年気づかなかったのになあ」

さあ話を変えようと篠田が気の毒にも、知らずにやぶ蛇としか言えない方向に全力で舵を切る。

母親の名前を出されたことで正祐は、更に暗闇の中を歩き出した。ダイアログ・イン・ザ・

ダークよりも五感は研ぎ澄まされているが、暴走している方角が間違いだ。

そういえば大吾も、塔野麗子の春琴の瞼が堪らないと言っていた。何もかもが全て実の姉にも散々な暴力を受ける羽目になった、母親に生き写しのこの顔のせいだと正祐には思えてくる。

「こんな顔、硫酸でスケキヨ並に焼いてしまいたい」

「マスクの中は青沼静馬だったな」

「スケキヨ」

「本物の方か。スケキヨも元は美しい顔をしていたと書かれていたような」

つきあいのいい篠田の言葉に、名作「犬神家の一族」の登場人物犬神佐清はビルマ戦線で顔を焼かれたのだと思い出して、己の不謹慎さに正祐は胸を痛めた。

「子どもの頃はもっとあからさまに母に似ていて、幼稚園ではおとこおんなと呼ばれて男児に追い回されてパンツを脱がされました」

顔には罪はない硫酸で焼いては痛いと正祐が、自分を落ちつけるために口を開く。

「……お、おう。ちょっと待ておまえ、今からトラウマトーク始めるつもりか」

心の準備が出来ていないと、篠田は後ろに一歩引き下がった。

「それを両親が問題に感じて」

「おまえ自身はどう思ったんだよ」

聞きたくない態度はあからさまなのに、人のいい篠田が親身に尋ねてしまう。

「私は……どうでしょうか。男のパンツを脱がせる男児が、気の毒な上に品性下劣でどうしようもないと憐れんでいましたが」

「その子ども大丈夫か？」

「あまり私は、大事とは捉えていませんでした。一時のことだろうし、騒げば喜ぶのがまた男児だと思いおとなしくしていたのですが。とにかく両親が心配して」

「当たり前だろう」

　本当にそのとき子どもが平然としていたのなら親の不安が高まるばかりで気の毒だと、しみじみと篠田は正祐の両親にまで同情した。

「上品な子女しかいない小中高大一貫教育エスカレーター学校に、親は私を入学させました。じゃあそこが居心地が良かったかというと、パンツを脱がされた方がマシかと思う日々でした。大学は受験してよそに行きました。とにかく私は白金的な空気が合わない、庶民体質なんです」

　庶民の意味をあらゆる辞書で引けと言いたいのを、篠田が堪える。それは正祐が塔野一家の長男だからということではなく、自らを庶民体質と言い放つ正祐の自己認識能力の低さを篠田は問題視したのだが、口を挟まず聞くしかなかった。

「小学校で既に周囲とあまり打ち解けられず、どんどん暗く読書にのめりこみ」

　喉まで篠田には、公立に行けばもっと壮絶に正祐は浮いただろうと言葉が出掛かったが、上品な私立だから溶け込めなかったという正祐の誤解を、今更解いて一体なんになると全力で堪える。

「パンツ脱がされた方がマシか……まあ、俺もおまえが幼稚園にいたら、その気の毒で品性下劣などうしようもない男児の一人に数えられていたと思うよ」

「まさか。篠田さんがそんなことをするわけがありません」

全く疑いのない眼で、正祐は真っ直ぐに篠田を見上げた。

頭を掻いて、どうしたものかと篠田が溜息を吐く。

「そういう思い込みは危険だぞ、塔野。言ったらおまえは、まだまだ若衆としていける口だ。俺なんかおまえのお袋さんに世話になり過ぎてて、その顔を見てるとかなり猥褻な気持ちになるから俺にさえも気をつけろ。そのくらい注意を払って生きていけという話だ」

「苦言を呈してくださっているのはわかるんですが……母のことはもうご容赦ください」

その気をつけろをもっと早くに強く言って欲しかったと、もう諸々取り返しのつかない大吾の原稿を振り返ることもできずに、正祐はお門違いにも情の厚い篠田を恨んだ。

「女優なので多少は素っ頓狂ですが、一応実の母です。母で何か妄想されるより、自分が犯された方がまだましだというごく普通の感性が、一応私にもあります」

「それ普通なの？」

隣の同僚を本当にどうしたらいいのかさっぱりわからないまとも過ぎる篠田が、真顔で真面目に尋ねてしまう。

「その普通の感性も、今完全に死に絶えました」

大きく息を吐いて、正祐は背を丸めて両手で顔を覆った。

「もしかして、その東堂先生の衆道もののせいで死んだのか？　だが、悪いがすぐに重版だろうと俺は思うよ。それも追いつくまい。犀星社も初版は様子を見るだろうしな」

「私は千部でいいと思います」

重版なんてとんでもない、自分の人生に殺人はあっても焚書はあり得ないと思っていた正祐が、まだ見ぬハードカバーの山を燃やすことを考える。

「東堂大吾の時代小説だぞ」

「千部でも多いと思います」

真顔の正祐に篠田は、それ以上のトラウマはとても聞けないと、ただ宥めるように肩を叩いた。

「百部でも、まだ多いです」

それでもまだ正祐は、篠田を何処までも追い詰める。

そっと篠田が離れて行くのにも気づかず正祐は、心の中でこの小説を拝火教の炎よりも激しい勢いで燃やしていた。

丁寧な犀星社にしては随分発行を急いで九月初旬に刊行された大吾のその小説は、篠田の言う通り重版が追いつかないほど売れに売れていた。

ボロボロになりながらなんとか校正を終えたものの正祐は、鳥八では大吾に会ったが、強固に大吾を泊めることを拒み続けた。訳を聞けばきっと誰もが当然と言うに違いない。

もっともそんなことを打ち明けられる相手は、どんなに考えても正祐には一人もいなかったが。

まだ残暑の残る大量重版決定直後の日曜日に、正祐は真っ昼間大吾に呼び出されて、マンションから徒歩十分の古い日本家屋で小さな庭を眺めていた。

「あなたのデートというのは、いつも唐突ですね」

今日は俺の家でデートだと大吾が、初めて自宅に正祐を呼んだ。

本来なら断りたいところだったが正祐には大吾の書庫に強い興味があって、好奇心猫を殺すと呟きながらも、電話口で言い捨てられた住所を頼りに来てしまったのだ。

畳に置かれた座布団の上でぼんやりと楡の木を眺めながら正祐は、重版のために今一度目を通さなくてはならないと告げられた衆道小説のことを心から遠くへ追いやっていた。我慢のきかない高所得の女性読者が競り合って、初版本はオークションサイトで高騰し続けているから急ぎたいと良心的なことを犀星社に言われたが、そんなものは無視だ。

「ジョーズのテーマでも掻き鳴らせというのか」

やけに落ちつくこの家に入ってみれば、唐木の紫檀と思しき座卓の向こうに座って言い訳もしない大吾が、何故今まで自宅に自分を呼ばなかったのかを正祐がすぐに理解する。

「あなたの着信音だけをそれにします」

散らかってはいない。だが男の一人暮らしには広い一軒家にしても、恐らく大吾の蔵書は膨大過ぎた。しかも現在進行形で増えるそれはもう何処にも納めることができずに、居間の畳にも堆く本が積まれている。

平家物語が広げてある、資料が散らかっていると大吾が言ったのは、大袈裟ではなかったと正祐は知った。ここに平家物語を広げたら、成人男性二人が存在はできても寛ぐことは難しい。

「やけに馴染むな、おまえ。このただ古いだけの日本家屋に」

そんな風に大吾に言われるほどに、正祐は貰った茶を飲んでぼんやりとこの家で落ちついてしまっていた。

二人きりになるのなら、火で追うなどという牛に無体なことはせずに自分で八つ裂きにしたいと方法を模索していたが見つからず、けれどそんな思いも古書の匂う部屋から庭を眺めれば随分と鎮まる。

「よく私のマンションを幽霊マンションと呼べましたね。この家の方が余程何か出て来そうですよ。床の間に掛け軸があるような家、最近上がったことがないです」

居間にはきちんと床の間があって、その上立派な掛け軸が下がっていることに、正祐は大吾らしいような気もしたが意外にも思えた。

そこまで大吾はまめには見えない。

「あれはじいさんの遺言だ。辞世の句を掛けておけと、まあ冗談交じりだったがそれぐらいしか遺言らしい遺言もなかったんでわざわざ作った。掛け軸は知り合いの書家に頼んでな」

教えられて、達筆というよりは独創的な筆で書かれた文字を、正祐は改めて読んだ。

「……特攻隊員でいらっしゃったんですか？」

辞世の句を理解して、正祐が大吾に尋ねる。

「おまえは奥山道郎大尉説か。散る桜残る桜も散る桜」

その句は、特攻隊員が弟に宛てて書き残していて、後に続けという意味だと広く解釈されているのを正祐も覚えていた。

「弟に宛てた遺書に書かれたことで、有名かと。自分は行く、おまえも続けというような意味合いだと思っていましたが」

「これは元々は詠み人知らずの古句だ。良寛の辞世だという説があって、じいさんはそれがいいと言っていた」

「不思議な言い回しですね。それがいいとは」

正しいとか通説ではないのかと、意味を量りかねて正祐が問う。

「良寛の死に際は様々書き残されていて、その中にこれが辞世の句だという記述はない。だがじいさんは良寛が言ったなら、その方がいいと言っていた」

「特攻隊員が詠むより、ということですか」

「良寛は、後に続けとは言わないだろう。散る桜残る桜も散る桜。良寛が言ったなら確かに意味が変わる」

解釈を委ねるように、大吾はそれだけ告げて正祐に続きを言わなかった。

「……散る桜残る桜も散る桜」

口の中で正祐が、良寛ならと思いながらゆっくりと掛け軸に書かれた言葉を呟く。

すんなりと、無常という文字が浮かんだ。

後に続けよりは、無常がいいと正祐も思ったが、大吾に向けて声にする必要は感じなかった。

答えを求められたのは自分だ。

「私は次にあなたと二人きりになったら、草を食(は)んで生きる牛に殺生(せっしょう)をさせるような惨(むご)い真似はせずとも、自分でしなくてはいけないことだと考えていました」

何故こんなに穏やかに大吾と過ごしていると、この家を訪ねるまでに考えた様々なその拙(つたな)い八つ裂きにするための方法をせめて、正祐は一つ一つ教えたくなる。

「時々おまえは何を言ってるのかさっぱりわからん。詳しく説明しろ」

「この家と庭の緑が、私からその考えを奪います」

「ますますわからん」

「幽霊が出そうだと言ったものの、それを訂正して家屋と庭を言葉を尽くして褒めました。作家なのに読解力の欠片もない人ですね」

伝わらないのかと溜息を吐いて、正祐は率直に言った。

「なんなんだアナグラムかなんかか。……まあ、俺は気に入っているがここは。だが褒めたのはおまえが初めてだな」

意外なことを聞かされて、庭を見ていた正祐が大吾を振り返る。

「編集やライターくらいだが、人を寄せるとだいたい不思議そうな顔をされるもんだが。おまえは気に入ったか。それは何よりだ」

「何が不思議だとおっしゃるんですか？　その方々は」

この家屋の居心地の良さは、自分から大吾を牛裂きにしたいという強い思いさえ宥めているのにと、不思議になる意味が正祐にはまるでわからなかった。

「金を何に使ってるんだと、聞かれることもある。襤褸屋だ」

「そう言われれば……」

まるで大吾から金の気配がしないので正祐はすっかり忘れていたが、「寺子屋あやまり役宗方清庵」シリーズの売れ行きや、同シリーズに関連する二次使用料の途方もなさを思えば、大吾が資産家であることは誰にでもわかる。

書くための場所は何処の土地でも構わないだろうが、確かにきちんとした大きな書庫のある屋敷を新しく建てるくらいは、大吾には造作もない筈だった。

東堂大吾が終の棲家にするのなら、ここは手狭すぎる。何しろ既に、本が家から溢れそうだ。

本当にここは終の棲家だろうかと、ふと正祐にはそのことが気に掛かった。

居心地のいい風通しのいい家に違いないが、いつでも引き払える仮の宿にも思えてくる。

「ここに、何年住んでいるんですか？」

「二十一で遠野を離れて、ずっと方々を転々としていた。ここもまだ四年だ」

やはりと、大吾の気軽な言いように、正祐は何か気持ちが深いところに落ちた。

「この本たちと一緒に、転々としていたのですか」

「まさか。作家になって、時代小説を書き始めても二年は食うや食わずだったし。それに俺の蔵書はここにあるものが全てじゃない。倉庫を借りてる。じいさんの本と一緒にな」

なるほどと思えることを教えられて、大吾の祖父がどのように亡くなって、どうして大吾が遠野を離れたのかまだ聞いていないことに正祐が気づく。

いずれは遠野に帰るかのようにも、大吾は見えた。

居心地の良い仮の家は正祐の気持ちは宥めても、大吾を永遠には引き留めないように思える。

「不思議がられるのには慣れたが、ここを檻褸屋だと思うやつには呆れる。西荻窪の一軒家だぞ、借家だが。本を処分せずに済むだけの部屋もある」

「言われてあなたが資産家の筈だと今気づいた間抜けな私でも、なら莫大な資産をどうしているのかという興味は湧きます。普通の感情ですよ」

「おまえに普通を語られるときほど、普通の定義が見えなくなることはない」

自分も同じく不思議だと言った正祐に、大吾は苦笑した。

尋ねたとは受け取らなかったのか答えるつもりはなさそうで、大吾が胡座を解いて立ち上がり正祐の隣に座り直す。

「三途の川の渡し銭さえ俺はいらん」

何も持たないと言い放つ大吾は、また、正祐に何か不安をもたらした。

「まあ、これはじいさんの受け売りだ」

掛け軸をと乞うた人を語るときには、大吾はいつでも似合わずにやさしい声を聞かせる。

「……私は、あなたの家族の話を聞くのがとても好きです」

隣の大吾に、正祐は打ち明けた。

「もっと、おじいさまの話を聞かせてください」

いくらでも大吾の祖父を語る言葉は聞いていられると、正祐が強く望む。その話を聞いていれば、ここが仮の宿だと感じることにわけもなく不安になる心も頼りを探す心も、揺れずにいられる気がした。

「死んだ人間だぞ」

それなのに大吾は、無情に正祐の願いを断る。

「おまえのじいさんも、俺のじいさんも。もういない」

「そんなことを言わないでください」

やめて欲しいと頼めばなお大吾が言葉を重ねることはもう知っているのに、衝動で正祐は遮ってしまった。

「源十郎も、皆に等しく死んだ。歳を取ったから普通に死んだんだ」

「……今、一巻からまた宗方清庵を読み返しています。五巻を読んでいるところです。五巻にはまだ、源十郎が充分に息をしている。言葉も聞けます」

「たかが物語だ」

強く否定されて正祐が、俯いて唇を嚙み締める。

「過去作品なんぞ振り返るな。俺はまだまだ馬車馬のように新作を書く。おまえがインスピレーションになった新刊は、シリーズ化することになった」

投げられた言葉を長く時間を掛けて理解して、正祐は息を呑んだ。

その新刊を校正者として読んだ後も、何度も鳥八では正祐は大吾と会っている。担当校正者だと露呈して以来一応二人の間には、私事では仕事の話をしないという暗黙のルールがあると正祐は思っていた。作品として大吾の小説に触れることがあっても、校正に関わるやり取りを避けているので、自然とそこから話は離れることが多い。

ましてや衆道ものの新作については、正祐は敢えて今日まで決して触れなかった。否、触れたくなどなかった。ないことにして鳥八で大吾と少し酒を呑んで、今日は泊められないと閨をともにすることから逃げていた。

それを大吾は何一つ悪びれず、のうのうと正祐がインスピレーションになったと言い放つ。美しい若衆が、念者を一途に思ってはしたないほどに泣いて乱れる物語だというのに。

「そういうわけだ。もっと何か新しい反応を見せろ」

絶句したまま長く沈黙した正祐の肩を、おもむろに大吾は掴んだ。

「あなたって人は……」

完全に資料提供を求める言葉に、正祐は呆れ果ててそれ以上が継げない。

「俺の衆道の最初の知識はせいぜい『児のかい餅するに空寝したる事』だ。稚児を抱いたのはおまえが初めてだ」

「なんですかそれ」

本当は呆れ果てるというよりも、認めたくはないが正祐は酷く悲しかった。

「『宇治拾遺物語』の有名な話だ。知らないのか。比叡山のエロ坊主どもが、かわいい稚児が寝たふりをしているから餅の話をして揶揄う話だ」

「あれって……あの稚児って、そういう意味だったんですか？」

「そうじゃなけりゃ、坊さんがよってたかってなんだってガキ一人かわいがるんだ。保育所じゃないんだぞ、比叡山だぞ」

「私はその話は教科書で読みました。……なんて酷い」

高校生の時に古典の教科書に堂々と載っていたその物語を思い出して、坊主は沢山いたが稚児は一人だったと正祐が憤る。

「安心しろ俺は酷い真似はしない。一度でもしたか？」

「私は稚児ではありません」

肩を抱かれた手を思い切り振り払って、正祐ははっきりと言った。

「ああ、そうだった。おまえは俺の情人だ。唯一の情人だ。今後も特におまえ以外に稚児を持つ気はない。ありがたく思え」

「稚児でもないしありがたくもないです」

迫り来る大吾に正祐が、全身で拒絶の空気を投げつける。

それは伝わったようで、一旦は大吾は止まった。考え込むように眉根を寄せて、じっと正祐を見ている。

「あまりにも人気なので、犀星社からは早急に次回作をと求められている。別に俺はいくら新作が売れようが、次に何を書くかは自分で決めるが」

「是非そうなさってください」

何処に向かう話なのかと、強く正祐が願い出る。

「幸い、この話の続きが早速書きたい。協力しろ」

「別に濡れ場を書く必要なんかないじゃないですか！」

何がどう幸いなのかと問うのは無駄に思えて、また自分に触れようとした大吾の手を正祐が打ち払う。

「受胎を目的としない性交を描くことに、至上の愛を感じた。充実した執筆になったので、また書きたいがマンネリはご免だ。何か違う痴態を演じろ」

「あなたは殺人者を書くときに人を殺してみるんですか⁉　書きたいなら何を書くのもあなたの自由ですが、それはご自分で創造してください！」

「もっとも過ぎる正論だが」

触ろうとすると両手で突っぱねる正祐に、大吾は憮然と顔を顰めた。

「俺の熱心な読者でもあるくせに知らないのか。俺は可能な限り調べられることは己の足を使って調べる主義だ。体験できることは体験するし、行ける場所は訪ねる」

腕を引いて大吾が、座布団の上に正祐の体をあっさりと倒してしまう。

髪を撫でられて乗り上げられて正祐は、大吾にそんな風に触れられるのも重みを感じるのも、少し久しぶりだと思った。

「情人と言いますが」

頬に掌を当てられて、正祐の声が上ずる。

「あなたの電話は半月に一度鳴るか鳴らないかです」

それを告げたらまるで自分が大吾を待っているようだと、正祐は言葉を取り戻したかったが頼りなく開いた唇は閉じなかった。

「気が向いて会えばこうして私を散々に抱くんですか。しかも参考資料にするために」

熱い親指が唇を撫でるのに、肌の奥が疼くことが正祐にはやり切れない。

「王朝文学でも読み返してみてください。光源氏だってあなたよりは筆まめですよ」

「光源氏が俺よりましだって話はないだろう」

「私の心はもう『雲隠』です」

紫式部の書いた「源氏物語」四十一帖「雲隠」には本文がなく、そこで主人公だった光源氏は死んだものとされていた。

「俺を殺す気か」

すぐに通じて、大吾が正祐を咎める。

「説明の必要がないところが、あなたの唯一の長所です」

「俺としてはまだ『若紫』辺りだ。確か五帖だぞ」

「私を紫の上扱いするのであれば、あなたは今後一体どんな仕打ちをするのでしょうね。紫の上は光源氏の不実に次ぐ不実に嘆き暮らして、出家したいと願い続けるも叶わずに若くして苦しみながら死ぬ身の上ですよ」

何処をとっても共感できない物語だが多くの作家が翻訳しているので、正祐はその度に読んでみては光源氏の身勝手さに苛立(いらだ)っていた。

その上今自分に作為を持って触れている男が「まだ若紫」などと口走るのなら、寒気がしてもおかしくない筈なのに、抱かれて肌を辿られれば正祐の体は否応なく熱くなってしまう。

口づけようとしてはまた正祐の髪や頬を撫でて、大吾はたやすく火を灯すような真似をする。

この家にいつまでいるのかもわからない、抱かれてもすぐにいなくなって二度と連絡もよこさないとまでも容易に想像できてしまうような男に、たやすく熱を導かれる自分が正祐は腹立たしかった。

「……これが……至上の愛なんですか……」

何故いつの間にこんなに気持ちを大吾に連れて行かれたと、無防備で不用意だった自分が情けない。

映画を観て、遠野の話を聞いた。大吾の両親と祖父の話、義父の話までを穏やかに聞いて、それが彼を親しく正祐に思わせた。

それなのに、今から自分を抱こうとしている男には、正祐はもう既に捨てられている思いがする。

居着く気配のない部屋で、小説に書くから喘(あえ)いで見せろと言うのだ。

惨いと思う自分が、正祐はわけがわからなくて泣いた。

ふと、大吾が肌を撫でる手を引いた。

「泣くのか」

問われて、わずかに涙が零れていたことに、正祐も気づく。

「ならいい」

言葉通り大吾は、正祐の上から退いて離れた。

「……あなたが引き下がるなんて、空から兎が降って来そうですが」

「抱く前からおまえが泣くなら、それは愛じゃないだろう」

仕方がなさそうな顔をして、大吾は憮然としている。

座り直した大吾に、正祐は体を起こした。乱れた髪がゆっくり直って、頬に掛かる。

「そもそも」

愛ある行いだと思っているのか、それが甚だ疑問だと正祐は言いたかったが、声にはならなかった。

そして大吾がどう思って自分を抱くのかということに、こんなにも心を左右されている自分が正祐には全く度しがたい。

「扇情的な目をして煽られて、泣かれてはかなわない。こんなところで止められたら、男の生理現象としてどうにもならん。塔野麗子で抜いてくる」

収まりがつかないと、言い放って大吾は立ち上がった。

「自分の母親で抜かれるくらいなら自分が犯された方がましです！」

冗談じゃない今から母親で抜くと言うのかと、正祐が反射で叫ぶ。

戸口まで歩いて行ってしまって、襖を開けて大吾は正祐を一瞥した。

「情人を犯すくらいなら、情人の母親でマス掻いた方が俺もましだ」

「本当に、何処行くんですか！　やめてください」

そのまま廊下に出ようとする大吾に駆け寄って、耐え難いと正祐が腕を掴む。

「どうしろって言うんだ。嫌なんだろうが、おまえは」

どうやら精一杯の誠意を持って大吾は接してくれていて、今辻褄の合わない言葉で困らせているのが自分の方だと、正祐も理解はした。

「……わかりました。もう泣きません」

暗い廊下で自分の声を反芻して、それにしても何を言うかと正祐が己に戸惑う。

いついなくなるかわからないような大吾の腕の中で自分が乱れることよりも、大吾が今から自分の母親を想像して自慰をするというのが耐え難いのは、けれど事実だった。

何が耐え難いのかは、もう正祐は考えたくない。

その対象が母だということだけならいいが、そこに自分の嫉妬があるのなら我ながらこの気持ちは手に負えない厄介なものだ。

「おまえが俺との閨のことを、犯されていると思うのならもう抱かない」

確かめるように、そう言って大吾はまだ正祐には触れない。

「……そうは、思っていません。最初から……合意のようでした」

声にはしたけれど、正祐は顔を上げられなかった。

代わりに大吾の指が正祐の顎に触れて、たいした力も使わず顔を上げさせて唇を吸う。

「ん……」

さっき親指で焦らされた唇に、大吾に唇で触れられることも久しぶりだった。

「……っ……」

いつも憎らしいくらいの余裕を見せる大吾にしては少しことが性急で、抱かれて正祐は口腔を存分に侵される。

上がる息と絶え間なく舐られる唇に歯を立てられて、正祐は立っていられず大吾に縋り付いた。

それを受けとめて難なく大吾は正祐を抱いて、元の畳の上に座布団を枕に横たえる。

「真っ昼間ですよ」

暗い廊下から戻ると夏の日差しが全てを曝け出すようで、そればかりは正祐も咎めないではいられなかった。

「おまえの肌は白いから、昼間の光もよく映えるだろうと思った」

「それでこんな時間に呼んだんですか……？　せめて、障子を閉めてください」

庭の向こうには背の高い白い土塀があったけれど、まるで裸で外を歩くようだと正祐が障子を指す。

「草や虫にくらいは、おまえを見せてやってもいい」

シャツの前を開けられて、大吾には障子を閉める気もないのだと、正祐はあきらめてしまった。

「ここのところおまえが触らせもしないから、おまえの肌は久しぶりだ。加減してやれる自信はないいな」

「今まであなたが何か加減したことがありましたか」

晒された肌を指先でなぞられて、息を呑みながらまた正祐が大吾に刃向かう。

「それをおまえはこれから知るだろうよ。だが」

熱い掌でそちらこそ酷く情動を煽っておいて、大吾は不意に正祐に触るのをやめた。

「おまえが乞わないのなら、抱かない」

笑わない大吾に、それが戯れ言ではないと正祐が教えられる。

言葉で乞えと、大吾は強いている。

何故、ならば結構と声にしないと、正祐は己に訊いたけれど答えは呼ばれなかった。

「抱いて、最後には私の両腕と首を斬り落とした隠し目付を殺してあなたも果ててください」

屈辱だと思いながら、気づくと望まれるままの音を紡いでしまう。

「そんなに俺が好きか。正祐」

すぐに「傘持つてもぬるる身」だと理解したのか、満足そうに大吾は笑んだ。

乱暴に恣意的に開かれているのに正祐の体が、大吾の思うままに泣いて喘ぐ。

草を食んで生きているのにすまないけれど、やはりいつかは牛が二頭以上は必要だと正祐は思った。


それでも抱いているときに何か書くために試すような気配がすればすぐに咎めようと正祐は身構えたが、言われた通り今まで大吾が多少は加減をしてくれていたのだと思い知るはめになって、裸で浴衣を掛けられて目覚めたときには開け放した窓から夜が差し込んでいて記憶も朧だった。

半月に一度電話があるのは、大吾の執筆サイクルなのだと段々と正祐も覚える。その時々大吾が何を書いているのかを教えられることはないし、正祐も尋ねない。

中秋の名月を二階から見に来いと言われた晩には、白い清潔なシーツが引かれた布団の上でやはり記憶を途絶えさせられた。

「畳よりは……ましだ」

秋の日は釣瓶落としと言う間もなく、寒露や霜降という節季が暦に書かれる十月に入る。

どんな独り言だと気づくこともできずに庚申社の校閲室で正祐は、最近売れていると評判の、まだ若い時代小説家の校正をしていた。

「悪いね、塔野くん」

不意に、後ろから普段挨拶ぐらいしかしない小笠原欣哉から声が掛けられて、いつ部屋に入って来たのかと正祐だけでなく、隣の篠田も振り返る。

「……社長。どうしました。もう階段は大丈夫なんですか？」

この歴史専門の校正会社を何十年も前に一人で始めたという社長の小笠原は、一階の社長室で時折長いつきあいの作家たちの校正を、今でも丁寧に仕上げていた。

「そんなに大事ではないよ。三階の書庫には、娘に行ってもらっていたがもう自分で行ってもいいくらいだね」

一階の受付と事務と秘書仕事の全てをやっている小笠原の娘は、正祐よりずっと年上で父親の尻をよく叩いている。

この間七十になった小笠原は、夏までは自力で三階の書庫まで資料を探しに行っていた。

恰幅のいい小笠原がこの三ヵ月階段を上れていないのは、何も年齢のせいではない。ぎっくり腰をやったのだ。

それは大吾が会社に怒鳴り込んで来た翌週の出来事で、さすが七十にもなるとそういったことも一週間遅れてやってくると皆思いはしたが、口には出さない。

「いや、その先生何もかもを闇雲に詰め込むから調べ物が多くて大変だろうに、前と同じ校正者にして欲しいと強い申し入れがあったものだから。なんだか君に割を食わせているようで、悪いと思ってね」

小笠原自身、あのとき正祐の生命より何より校正者としての腕だけを惜しんだことをその場で吐露してしまったので、以来バツが悪そうだったし、ぎっくり腰に関しても周囲もあまり同情を示さなかった。

「今夜良かったら、塔野くんと篠田くんに鮨でも奢るよ」

「豪気ですね、社長。おっとおこぼれだラッキー」

自分も忙しく働いているのに、篠田が謙虚なことを言って伸びをする。

「申し訳ありませんが、私は今日は」

少し困って、正祐は丁寧に頭を下げた。

昼休みに大吾から、電話があった。昼休みと言っても、正祐や篠田、いつも校閲室にいないもう二人の校正者の時間は実のところ自由だ。課題はとにかく、期限内に完璧な校正校閲を終わることである。整合性を合わせて、誤字脱字を探し抜いて渡す。

入社時から正祐は自分で簡単な弁当を作って持って来ていて、同じく弁当の篠田の提案で時間を合わせて二人で昼休みを取っていた。一日一食くらいは誰かと食事をした方がいいと、入社時の暗黒の正祐を篠田が誘ってくれた。

その昼休みに珍しく大吾の着信が入っていることに気づいて、正祐は電話を返した。珍しいのは、出ないことがわかっているから手間だと思うのか、大吾は平日の出勤時間帯に電話を掛けてくることがあまりない。凄惨な映画デート以来だった。

「何か予定があるのならまたにしようか。デートかね」

軽口で小笠原に尋ねられて、思いの外険しすぎる顔で正祐が社長を見てしまう。

「ど……どうしたんだね」

「あ、いえ」

電話の内容は百田にばったり会ったら新鮮な生秋刀魚を仕入れたと言われたので、鳥八で夕飯を取ろうというだけの話だった。短く告げて、元は自分から掛けたくせに大吾は「仕事中だろう」と電話を切った。

その約束を、存外楽しみにしている自分に気づかされて、困惑に正祐は顔が険しくなったのだ。

たまに小笠原が連れて行ってくれる鮨屋は、日本酒を頼めば一人一万円は軽く超えるという高級老舗で、それを銀色の生秋刀魚のために巻き添えで断るのは篠田にも申し訳ない。

「私のことはお気になさらないでください。大丈夫です。この作家さんの小説はいつも発想だけが突飛で全くおもしろくないので、内容に囚われることがなく理性的に淡々と校正が進むので何も苦ではありません」

生秋刀魚のために高級鮨を振ってしまうという本当にすまない気持ちから、正祐は丁寧に小笠原の労いは無用だと滅多に見せない笑顔で伝えた。

「そうか。小説として引き込まれておもしろく読んでしまうと、知らないうちに作家のリズムに合わせることになって重大な校正ミスに繋がるからね。つまらないならそれは何よりだ」

そもそもこんな庵のような校正会社を一人で立ち上げる根っからの校正者である小笠原は、大ヒット中の若手作家がつまらなくて何よりだと頷く。

「書いてあることに一つも理が見当たらず深いことも何もないので、二ページも読めば興味をすぐに失えます。そういう意味では、昨今こんなに校正しやすい作家さんはいません。ただ文字を追うことに専念できる希有な方です。ご指名いただけて幸いです」

「善き哉善き哉」

「……ちょっと待ちなさい、二人とも」

校正馬鹿が二人で頷き合うのに、社会性に富んでいる篠田は頭を抱えた。

「どうした、篠田くん」

「お加減でも？　篠田さん」

悪気なく校正について語らっていたつもりの小笠原と正祐は、戦慄いている篠田を無邪気に心配する。

「今自分たちが何を言ったのか、自分たちの中で文字に起こしてリピートしてみてください。今すぐに！」

立ち上がって篠田は、社長と正祐の両方を急き立てた。

言われるまま二人が素直に、自分たちの会話を頭の中で文字起こしする。

「活版時代を思い出すねえ……」

悠長に小笠原は最初、頭の中で文字を拾い集めていた。

正祐はデータ世代なので、漢字変換をして熟語を選ぶことをしてしまう。

だが大して時間も掛からず正祐と小笠原は、自分たちが何を言ったのかをピリオドまで綴り終えた。

「なんということ……」

「恐ろしいですね……悪意のない無意識ということは」

「それ！　その悪意のない無意識!!」

駄目だ教育を徹底しなくてはと、果敢に篠田が声を上げる。

「自分たち校正者は、基本作家に直接会うことはないです！　しかしこうして無意識の会話が癖になれば、外でも悪意なく無意識に平気でします!!　西荻窪だけでもそうですが、総武線中央線沿線は有象無象の業界人に溢れています！　自分が何が言いたいかご理解していただけたでしょうか！」

「理解したよ、篠田くん。君は偉いねえ」

「本当ですね篠田さん……さすがです」

二人が拍手喝采するのに、篠田は自分は普通だと叫びたかったがぐっと堪えた。

「特に塔野は、東堂先生みたいなこともあっただろう。本人が会社に乗り込んで来ちゃうみたいな。もっと危機感持ってくれよ」

不意に大吾の名前を出されて、そもそもそれで鮨を振ったからいらぬ言い訳をしたのだと、正祐が思い出す。

「実際、昔は僕も殺されそうになったことがよくあった。若い頃に担当した作家に、念入りに校正してもらっているから念入りに礼がしたいと言われてのこのこ出掛けてね。神楽坂の料亭で座敷に招かれて、会うなり首を絞められたりしたものだよ……」

いい思い出のように小笠原が語るのに、篠田はもう沈没しそうだった。

「四十年も前の話だが、今も僕が担当している数少ない作家の一人だ。殺され掛けたというのにねえ」

還暦を過ぎて老眼が進んでから、小笠原は事実上現場を引いてなじみの作家だけを担当してもう増やさないと決めている。

その作家たちも一人また一人と逝ってしまい寂しくも映るが、校正者の晩年としては小笠原は誰の目にも理想に思えた。

時折こうして昔の話に触れると、正祐もただ羨望を込めて小笠原を見る。

鮨に行けばまた有益な話が聞けるのに、それでもどうしても生秋刀魚を思う自分に正祐は溜息を吐いた。

「よくあったなら、本当に気を付けてくださいよ。っていうか社長、鮨もいいですけど塔野のスケジュール限界に来てますよ。鮨では校正は賄えません」

何処までも一人だけまともな篠田が、そもそも正祐の最近の忙しさを鮨で清算しようとする小笠原を疑問視する。

「そうなんだよねえ。何しろ塔野くんの校正校閲があまりに細やかだから、それを便利に思ってしまう作家さんが増えて指名が後を絶たないんだよね。この若手作家さんしかり」

「そうなんですか」

困り果てて小笠原が呟くのに、近頃以前より随分忙しない理由を、正祐は初めて知った。

「そうなんですかって、おまえなあ」

「言われて見れば、同じ作家さんの原稿が何度も来ます」

「これ以上塔野の指名受けるの、無理ですよ」

隣で篠田がとっくに案じていてくれたのに、正祐がようやく自分の仕事状況に危機感を覚える。

「今の量が適正の限界です。これ以上の校正を受け入れると、重大な校正ミスに繋がりかねません」

まさにその危機に近づいていることを理解して、正祐は慌てた。

「実のところ、僕も少し前からなるべく塔野くんの指名は断りたいと言ってるんだ。出版社には。指名するのは編集者じゃないんだよ。作家が言い出すと、なかなかね……断るのは編集も難しい」

「そうでなくとも塔野のことは東堂先生ががっちり囲ってて、その東堂先生が最近精力的に時代小説書いてますからね。突発の飛び込みも絶対に塔野指名だし」

「囲われてなんかいません！」

誰よりも現状が見えている篠田の言葉に即座に反応してしまって、正祐が場にそぐわない声を立てる。

「あ……すみません。ごめんなさい篠田さん。そうです私は憐れな囲われものみたいなものです」

「しっかりしろ塔野」

ここのところ篠田は正祐の錯乱(さくらん)に慣れたのか、意味不明のときでも構わず柔軟に対応してくれていた。

「この間の衆道ものも、東堂先生突然ぶっ込んで来たし。あれもシリーズ化するそうじゃないですか。それに、近々源十郎を主人公にした番外編が出るって噂があるんですよ」

「え？」

思いも掛けない場面で源十郎の名前を聞いて、正祐が目を見開く。

「本当かね。犀星社は何も言ってきていないが」

初耳だと社長も、壁に据え付けられている予定が書き込まれたボードを振り返った。

「ここに塔野くんに新しい仕事が入っても、さすがにそれは無理だろう。それに東堂先生は、もうすぐ『寺子屋あやまり役宗方清庵』十七巻を脱稿予定だ」

「本当に……源十郎の番外編が出るなら、それはもちろん私が担当します」

喜びに正祐が、声を上ずらせる。

たまの大吾との逢瀬を重ねながらも、正祐はどうしても文字の中にいる源十郎に繰り返し会うことをやめられないでいた。

むしろ大吾とのつきあいが深まるごとに源十郎への依存は、より高まっている。

抱かれて別れたあと、正祐はまっすぐ扉のある本棚に行って本を開いていた。

「インターネットの噂話だけどな。けど実際、十五巻で源十郎が死んだんで読むのをやめて、既刊を全部売り飛ばしたファンも少なくないそうだ。十六巻の売り上げは伸び悩んだそうだから、犀星社もそこは出したいところだろう。番外編でも、源十郎を」

普通に業界事情を見たまま理解しているのは残念ながら庚申社には篠田一人で、正祐も小笠原もなるほどと深く頷いた。

「まあ、これ以上売れなくても東堂先生にはどうでもいいのかもしれないけど」

大きく伸びをして篠田が、首を鳴らして机に戻る準備をしている。

「どうしてですか?」

そんな話を大吾としたことはないが、最初に話した晩に、確か大吾は文芸作品が売れないことは百田にぼやいていた筈だと正祐は思い出した。

「なんか、二次使用料の受け取り全部放棄して、民間の奨学金団体に丸ごと渡してるらしいぞ」

「それはまた、莫大な金額だろうに。欲のない人だね。見た目からは全然想像がつかない話だ」

一階からこの部屋まで引きずられた小笠原には、大吾は閻魔大王並みに感じられていて、全く実感できないのだろう。

それは、東堂大吾の住処とは思えない古い日本家屋に何度か上がっている正祐も、また同じだった。

「さっき二人に自分が注意したのは、この件を犀星社の担当編集者がその辺の飲み屋で零してるの聞いちゃったからなんですよ。赤提灯で、ほら、この間東堂先生全力で止め損なってた人」

「それを言われると……僕も全力だったので辛いところだ」

会社に大吾が乗り込んで来たときに腕を必死で摑んでいた担当編集者を、正祐もぼんやりと思い出す。

「東堂先生何かと評判が悪いから、公表したいのにテコでも頷かないって酒呑みながら泣いてでさ。強引で傲慢でときに悪辣で一つも庇いようのない人だけど、巨額の寄付をしてるんですよって」

「あの編集さんも、随分苦労してるんだねえ」

呑んで泣く様は誰にも容易に想像がついて、小笠原はしみじみと同情を示した。

「何故、公表しないんですか？」

三途の川の渡し銭さえ要らないと大吾が言ったことを思い出して、寄付の話は本当なのだろうとは正祐も思う。

「それはわからん。美談にする気なら金を燃やすと脅されたと、赤提灯のカウンターにうつ伏せて泣いてたよ。そんな訳で、外で仕事の話をするのは危険だという教訓にしてください」

肩を竦めて、聞いたことは全部話したと、篠田は机に戻ろうとした。

「社長、塔野のスケジュール問題と真面目に向き合うときですよ。うちは量より質の庚申社ですから」

営業も兼ねることを言う篠田に、「そうだね」と危機感を強めて小笠原が頷く。

当の正祐は上の空で、二つのことを考えていた。

寄付の話は辻褄は合うが、イメージアップのために担当編集者が公表したいと泣くぐらいに、大吾に似合わない。

やはり大吾は金も何も持つ気がない人間なのかと知った気がして、正祐は気持ちがまた落ちた。

それなら余計に、大吾には源十郎の番外編を書いて欲しい。

その本が手元にあれば、一日中文字を追って自分はいられる筈だと、正祐は何か騒ぐような胸を無理に押さえた。


「『葉隠』を熱心に読むのはやめていただけませんか……私の前で」

番外編の噂を聞いた日の晩、鳥八のカウンターでかぼすを絞った青く銀色に光る生秋刀魚の塩焼きを突きながら、正祐は何度も本当かどうかを尋ねたかったが聞けなかった。結局その後も真偽を問えないまま正祐は、立冬、十一月を大吾の家で上弦に至る月を眺めながら迎えていた。

「興味深いぞ、『葉隠』。武士道と云ふは死ぬ事と見つけたり。死ね死ねうるさい」

紫檀の座卓に本を広げて小さな読書灯の下で大吾はそれを読みふけり、部屋を暗くしてもらっているので正祐は月を眺めている。

最近は「寺子屋あやまり役宗方清庵」の既刊を読み返すことしかしていないので、正祐は大吾の前で読める本がなかった。

「武士道における男色の心得が説かれてる。お互いに想う相手は、一生にただ一人とせよ。だそうだ」

「確かにこんなことはもう二度とご免ですけどね……」

「武士道においてはという話だ」

自分たちのことになぞらえたつもりはないと、大吾が言い置く。

「あなたは何百人の小姓でも稚児でも抱いたらいいと思います。何千人でもいいでしょう」

「どうした」

おかしなことを言い出した正祐に、大吾が「葉隠」から顔を上げた。

「アラブの石油王が似合いますよ」

砂漠に立っている大吾を想像したら、予想以上にクーフィーヤと呼ばれる頭から被る布がよく似合って正祐が笑う。

「浮気の心配か」

挙動不審の正祐に、見当違いなことを大吾が問う。

「私一人では掛けられる体液にも限界があると言ってるんです」

「半月に一度程度しか抱いてない」

「その一度が濃厚過ぎます。このように平日に呼ばれると、私は明日こそ後朝(きぬぎぬ)なので起きられませんと言って欠勤するのではないかと不安です」

具体的な不安事項を述べて、正祐はこの後の行いに抑制を求めたつもりだが、大吾は不満をあらわにするだけだ。

「おまえが会社を休むのは、俺にも実害だ」

相も変わらず、大吾はただ勝手だ。

そうやって「葉隠」を読んでいるということは、また衆道(しゅどう)ものを書くのだろうかと正祐の溜息が大きく漏れる。

もうすぐ自分の手元に来るのは「寺子屋あやまり役宗方清庵」十七巻だと、それはボードに書いてあるので正祐もわかっていた。こうして正祐を呼んだということは、大吾はもう脱稿している。

今年はこのシリーズが三冊目で、例年よりペースが早い。

あらゆるメディアで展開されているビッグコンテンツを終わらせようとしているのだろうかと、初めて正祐は終わる可能性について考えた。

「宗方清庵が完結したら、二次使用料の寄付を受けている方々が困りませんか」

あれだけ篠田に言われたのに、ぼんやりと正祐が無意識の言葉を大吾の前で零してしまう。

「……何処から聞いてきた。俺が寄付してると」

完全に「葉隠」を閉じて、薄明かりの中でもわかるほど強く、大吾は正祐を睨んだ。

「その今すぐ殺すみたいな目、よくできますね」

「おまえも初めて会ったとき、そんな目で俺を見たぞ」

言われればあれは彼岸明けの桜の季節だったと、随分遠くに正祐が思い返す。

桜の季節だと正祐が覚えているのは、花見客が皆酔っ払っていたからだ。正祐自身は花見に行くこともなく、あの晩は源十郎の通夜をしていた。

思えば正祐は、四年前からずっと、通夜をしていたようなものだった。

「小耳に挟んだだけです。本当なら理由を聞いてみたいと思ったのは、ただの興味本位です。生半可な金額ではないでしょう」

完全に大吾が情報漏洩者を血祭りに上げる目をしているので、正祐もこの守秘義務は死んでも守らなくてはと問い掛ける。

酷くつまらなさそうな顔をして、大吾は黒髪を掻いた。

「どれだけ税金取られると思ってるんだ。寄付すれば税金もかからん。二次使用料を受け取る書類に、何かある度サインをして判子をついていたらそれだけで長い小説が書けるくらいの時間が掛かる」

「それはとてももっともらしい理由ですが」

何か言い訳めいて聞こえるらしくない大吾の言葉に、正祐が苦笑する。

「何処に寄付をしているんですか？」

「代理人に任せているからよくはわからん」

「そういうところですよ。なんだかこの話はあなたらしくないので」

やはり、とそう心の中で綴ってから、何がだと正祐は溜息が出た。

「……少し、気になって訊いただけです」

女々しいという言葉で、自分のことを顧みる。顔を指差されて「男女」と言われることを全く気にせず正祐は生きてきたが、心根がこうまで弱く誰かを常に頼みにするのかと、そのことには男も女も関係なく己に呆れた。

「ああ、そうだな。俺は金を持ちたくないだけだ。つまらん理由を聞かせて悪かった」

謝るのは二度目だと、正祐が大吾の謝罪に驚く。

嘘を吐くことを、大吾が得手としないのは正祐も知ってはいた。だがそんな風に謝るような嘘だったのかと、なお気持ちが落ちる。

紫壇を離れて、大吾は正祐の隣に来た。

顔で大吾が示すのに、薄明かりの中正祐がつられて床の間の掛け軸を見る。

大吾の祖父が辞世にしろと言ったという言葉を、正祐は改めて読んだ。

「じいさんは仲の悪い一人息子に死なれて、そこで一旦この世になんの未練も欲もなくなったそうだ。それこそずっと、こんな気持ちだったんだろうよ。散る桜残る桜も散る桜。どうせ人はみんな死ぬ。無常だと日々を過ごしていたんだろう」

あまり聞きたくはない言葉だと、正祐が大吾のそばで目を伏せる。

「良寛(りょうかん)の臨終には、諸説ある。死に際、何か心残りはないかと聞かれて」

ほんの少し大吾が、いつもより歯切れが悪くなった。

「死にとうなしと、言ったという記述も残っている」

「それは……一休(いっきゅう)や仙厓(せんがい)の臨終として、聞いたことがあります」

「どれも寓話(ぐうわ)みたいなもんかもしれんし、もしかしたらだいたいの人間はこう言うのかもしれん。死にとうなし、と。だが、俺のじいさんはそういう人ではなかった」

語る大吾はけれど誇らしいようでもなく、全く似合わず声が弱い。

「少なくとも俺がじいさんに引き取られたばかりの頃は、この世になんの未練も持たないような人だった。お迎えが来るならいつでも行く。何しろ俺を遠野(とおの)に連れて行くときも、早晩死ぬからそうしたら好きにしろと言ったくらいだ」

そのときを思い出すと大吾は、普段ほとんど見せることのないやさしい顔をするので、正祐はもう少し月が明るければいいのにと思った。

「だが、死に際急に往生際(おうじょうぎわ)が悪くなった」

ふっと、それを声にするのもすまないと思うように、大吾が逝った人を手元に返す。

「死にたくない。おまえを買うんじゃなかった。おまえがまだガキなので心が残る。おまえが心配で死ぬのが怖くなったと」

紡ぐ言葉の丁寧に過去を拾い集めるような速度に、聞いたままを大吾が綴っていると正祐にもわかった。

「俺を大層恨んで笑った」

仕方のない者を思って、大吾が掛け軸を見る。

「……愛情じゃないですか」

誰にも疑いようもないことを何故そんな辛そうに教えると、正祐は大吾に戸惑った。

「ああ。だけどずっと何にも執着しなかったじいさんが、初めて生きることにしがみついたのを見て。俺も、人並みに怖くなったんだよ。何かを持つってことがな」

その今際の際の老人をどんな風に思い返しているのか、大吾が見たこともないほど切ない目をする。

「じいさんには、俺は大丈夫だ。その証に通夜も葬式も全部一人でやって、遠野の家も蔵も畳んでここも離れると約束した。二十一で、文芸の新人賞を取って一年目だったな。一人前に書いて稼いだかと言ってから、じいさんは病んでそのあとは瞬く間だった」

「一人で、お通夜やお葬式を?」

二十一歳の自分は鎌倉で、夕暮れの書庫で文字を追いながらいつ祖父が洋燈を持って来るだろうとそれを待ち、洋燈の中ではいつ祖父がもうよしなさいと言いに来るだろうかとただあたたかな思いの中にいたと正祐は覚えていた。あのとき祖父を亡くしていたら、通夜や葬式どころか、今でも己が立っていられるかわからないほど甘えていた。

呆れると、正祐は酷く己を恥じた。

「何かやたらと方々から慕われてはいたようで、弔問客が大勢来た。遠野の宿には泊まりきれずに、民泊を頼んだりなんだりで故人を惜しんでる暇なんかなかったさ。田舎には大騒ぎの、まるで祭のような葬式だった」

人騒がせだったと、大吾が朗らかに言う。

けれどふと、大吾のまなざしが人の引けた後を追っていた。

「蔵を閉めたときは、少しは泣いてやろうかと思ったが。俺が泣いたらじいさんが化けて出る」

独り言のように呟いて、大吾の気持ちが遠野の蔵に立ち尽くしている。

「連れも、本当はいらん」

声にしている意識はきっとないのだろうと、正祐は今一人でいる大吾の声を聞いた。

一人で大吾がいるならば、隣にいる自分もまた一人だと正祐が思い出す。

落ちて行く気持ちに、胸触られて正祐は目を伏せた。

「話させてしまって……すみません。寄付のことを、ご公表なさったらと思ったんですが。余計なことでしたね」

本当はもう立ち上がって、正祐は大吾を離れたい。やはり大吾は、手ぶらで歩く人間だ。それを咎(とが)められはしないが、なら何故(なぜ)自分を抱いたとそれは何度でも問いたくなる。

帰ったらまた、文字の中の源十郎に会おうと正祐は扉のついた本棚に思いを馳(は)せた。やはり頼りにするのは、もう会えない人に留めて置いた方がいい。何かを大吾に求めるのは、無理な話だ。

「何故公表しなけりゃならない」

そんなことは考えたこともないと、大吾が不思議そうに正祐に尋ねる。

「好感度が上がると思ったんです。でもその気はなさそうですね。前後左右上下から激しく嫌われているんですから、せめて隙(すき)を作らないようによく気をつけた方がいいですよ」

「おまえな」

親切のつもりだけで進言した正祐に、大吾は呆れて口を開けた。

「先生はとても嫌われているそうです」

「おまえ時々、俺を先生と呼ぶな」

意図してそう呼ぼうとしているのに時々になってしまうことは、逆に正祐には不甲斐(ふがい)ない。

「あなたが時々、鳥八でも私を正祐と呼ぶのはどうかと思います」

「それはおまえが、名前を呼ぶと嫌な顔をするのが堪らないからだ」

どんな趣味なのか本当に楽しそうに、大吾はわざわざ正祐に訳を聞かせた。

「上山正祐のことは、何か調べたか」

元々正祐の祖父がそこから用いたのだろう人のことを、大吾が口にする。

「いいえ」

「そうか」

意気地がないと言われるかと思ったが、大吾はあっさりと引き下がった。

それが不思議で、思わず正祐がじっと大吾を見てしまう。

「いや、おまえが自分で知りたいときにいつでも知れるようなことだ。知らないままなら、まだおまえが求めていないということだろう。必要のないことだ」

そのときに調べろと、大吾は上山正祐の話をやめた。

「確かに俺は先生様だが、おまえは先生と呼ぶな」

「何故ですか?」

むしろ大吾は往来を駆ける子どもにさえ「先生」と呼ばれて愉悦する節があると、正祐が訝る。

「仕事中じゃないし、俺のファンでもない。……俺の言うことにいちいち理由を求めるな。おまえには呼ばれたくない」

理由を並べてからそこに意味を見つけられなかったのか、大吾はその話も切った。

「ファンじゃないと言い張ったのは、私の嘘だと思います。作品を愛していることは、教えたでしょう。ただのファンですよ。私はあなたのファンなのに、それをどうしても認めたくなかっただけです」

「なんだよ。急に」

気色悪いぞと遠慮なく、大吾が正祐の素直さを咎める。

「私はあなたの原稿を校正しているときは……楽しいですから」

明日から二度と会えなくなってもおかしくはないような男だと深く思い知った気がして、伝えておこうと正祐の気が向いた。

「全ての校正者が、愛せる原稿と向き合えるわけではありません」

その愛情の分大吾の原稿には、正祐は他のどの作品よりも手間と時間を掛けている。

「私は幸せな校正者です」

少しでも長く大吾の文字といたいからだと、そのことにはもう、正祐は観念した。

悪い気持ちはしないのか、不意に、ゆるく大吾が正祐を背後から抱く。

「その上俺の腕の中だ」

満足だろうと言いたげな大吾には、けれど正祐は腹立たしかった。

連れもいらんとさっき言ったのを、大吾はきっとわかってもいない。情人という言葉を大吾はよく使うけれど、それをどう捉えているのか正祐は聞いてみたくなった。

大吾の中にある情人の定義をきちんと知れば、文字だけを頼みにする通夜の中にこの男をあきらめて潔く帰ることも覚悟できる。

「お母様が恋をなさったこと、今は許してらっしゃるんですか」

唐突に全く違うことを尋ねた正祐の顔を、訳を問うように大吾は覗き込んだ。

恋人の定義を教えて欲しいだけだけれど、それを正祐は伝える気はない。

「許すも許さないもあるか。母はただ人を愛しただけだし、今度はいなくならない男を選んだまでの話だ」

声にして大吾は、ふと、遠くはない両親を思ったようだった。

「母親が再婚したとき、俺は呆れたガキだった。両親には悪いことをした」

省みる気持ちを隠さずに、大吾の意気が足りないようになる。

見えない大吾を知ろうとして余分なことを尋ねたと、正祐はすまなく思った。

「子どものときは」

背後の大吾を振り返って、頰に、初めて正祐からわずかに触れる。

「みんな子どもなんじゃないですか」

慰めとわかっただろうに、大吾は似合わない弱い顔のままだ。

「みんなか」

一旦、大吾が正祐の振る舞うものを受け取る。

「みんなというのは、便利な言葉だな」

すぐにいつもと変わらない張った声を聞かせて、大吾は口の端を上げた。

「あなたのその、自分だけが唯一無二の正しさを知っているような態度は、いつでも腹立たしいです」

調子を、正祐も合わせてやる。

「自分だけが何もかもわかってる態度でいると、新しい知恵や考えが他者から与えられなくなりますよ」

言い置いた正祐の髪に、大吾の大きな手が触れた。

「最近滅多に、俺にまともに意見するやつなんかいない」

頬に頬を合わせられて、少しだけ正祐の体が揺れる。

「おまえが特別に思える。やめとけ」

「情人とは特別なものだと思いますが。情人だと……言ったのは嘘ですか」

笑いながら、それでも何故口に出したと、正祐は自分の浅ましさに呆れた。

持たない大吾を、責めるつもりはない。大吾はそういう人間だと、いつからかそれは正祐にもはっきりとわかっていたことだ。

いつからかというより、そもそも正祐は文字の中にいる大吾をよく知っていた。

出会う前からこの男が、もの持たぬ者だとはわかっていたのだ。

「俺も一人、おまえも随分と一人」

不意に落とされた言葉の意味がわからずに、問い返すこともせず正祐が黙って大吾の声を聞く。

「お互いきちんと人に愛された身でそれは随分ともったいないことだと思って、おまえを抱いたら存外悪くないことだった」

思い切ったところに何故そんなことを告げると、大吾を咎める気持ちに正祐は俯いた。

「どうやらお互い、互いを何かしらの感情では思っているしと。まあ、ただ欲情して暴走したので理由は後づけだ」

「まるでとってつけたようですね」

「そうでもない」

責めた正祐に、大吾は笑った。

「本当は一人でいるのは惜しいことだと……俺も、おまえもよくわかっている筈だ」

そう言われても、さっき大吾が落とした連れもいらんという言葉は、驚くほど正祐の腑に落ちている。

沢山の本が積んであるこの家も、大吾は住んでいるという感じがしない。

明日にも大吾には、簡単に捨ててしまえそうだ。

床の間のあるこの家も大切な本も、情人と呼ぶ相手のことも。

「何をそんなに寂しそうな目をする」

「こんな暗闇で、目など見えますか?」

問われて正祐は、気持ちを見透かされているようで少し狼狽えた。

「月が明るい」

言われるといつの間にかわずかにあった雲が引いて、透き通るような月光が煌々と差している。

「情人にそんな目をされるのは、俺に甲斐性がないように思える」

両手を空けて何も誰も持たずに大吾は生きていると、正祐はもう知っていた。

「実際、あなたは甲斐性なしです」

確かに今自分は寂しい目をしていてそれは間違いなく大吾のせいだけれど、そんな口惜しいことを伝える気も、縋るつもりも正祐にはない。

部屋に帰れば、扉のついた本棚がちゃんと待っているから大丈夫だ。

「明日は後朝のせいだと言って、会社を休むがいい」

言葉遊びのように言って大吾が、正祐の体を深く抱く。

親しい者を幸せにできるのは新しい方の父親で、自分の実の父はそうではなかったと言った大吾の、けれどそれを受け入れて認めている落ちつきを、正祐は思い出していた。

なんだかおまえが見えないようだと意味の取れないことを大吾は言って、月が明るいのに正祐を、夜明け近くまで眠らせなかった。

繰り返し身の内を行き来する大吾にそれでも正祐は許しを乞わず、肌が重なることだけをただ貪った。

そうして正祐が体だけを求めるほどに、おまえが本当にここにいるのかわからないと大吾は問うたが、正祐には答えられない。

結局は大吾の言った通り泣いて喘いだ後朝の声で、会社に遅れると電話をする羽目になった。

鍵など開けたままで行けという大吾を無理矢理起こして内鍵を閉めさせて、ようやく正祐が会社に行けたのはもう終業近くで、机にはとんだ存在感で「寺子屋あやまり役宗方清庵」十七巻の原稿が置かれていた。

「……知ってたんだ、あの人。本当に人が悪い」

今日会社に届けられるのをわかっていて朝まで眠らせなかったのかと呆れながら、正祐はそれを自宅に持ち帰った。

リビングの隅にある小さな机に原稿を置いて、すぐに捲る気にはなれない。

本当はこの原稿が届くことを知っていたから、大吾が自分を夜明けまで抱いたわけではないようにも、正祐は思った。

確かに正祐は、心を大吾の腕の中に置かないように気をつけた。肌だけを乞うて、だから大吾はずっと正祐を探していたのかもしれない。

探してくれたのはありがたいが、正祐はもう文字の中にだけ棲みたい気持ちに観念していた。

「とは言えこの校正をするのは」

気が重いと口に出してしまいそうになって、慌てて正祐が唇を噛む。

「また、一巻から読み返そうか……」

本当は正祐は、ここのところ何度もこれを一巻から読み返していた。

十五巻で源十郎(げんじゅうろう)が死ぬので、十四巻までで正祐は読むのを終えて、何事もなかったかのようにまた一巻に戻る。十五巻と十六巻は自宅では、目につかないところに隠したきり出していない。繰り返してもすぐに読んでしまって、また一巻から読み返す自分がまるで酷い病のようだとは正祐も思いはした。

十七巻の校正をするならば、シリーズを通しての矛盾が出ないことも確認するために、どんなに目を合わせたくなくても本当は正祐は十五巻と十六巻を読み返さなくてはならなかった。

「何処(どこ)に、しまったか」

ある日もう無理だとその二冊をしまい込んだとき正祐は朦朧(もうろう)としていて、本当に何処に隠したか思い出せない。

けれど探すために椅子から立ち上がることもせず、固執し過ぎだどうかしていると、何度でも正祐はいつまでも祖父の通夜をやめようとしない自分に気づいた。

一時期は大吾のそばで、弔うことを忘れた日もあったのに。

「……光希」

不意に、机の上に出したままにしていた携帯が振動して、弟の名前が浮かび上がった。

昨日から繰り返し入っていた弟からのメールを、先に返さなくてはと気持ちを校正原稿から無理に放す。

それこそ王朝文学の文程度の時間は与えて欲しいと、五つ年下の弟には思った。多いときには光希は、一日に五通以上もメールをよこす。返事を書いている途中で、何故返事をしないと言ってくる。

「なんて……書いてやったら宥められるんだか。光希は、どうしてこんなに癇癪持ちなんだろう」

いつものように弟は癇癪を起こしていたのだが、今回は少しばかり拗れていた。

何故実家に帰らないと繰り返す弟に、「私が帰るとおまえが帰って来るからです」とかなり省略して返したら、自分に会いたくないのかとひっきりなしにメールを送って来ていた。

怒ったり、泣いているような絵文字や顔文字を沢山貼り付けられても、そもそも正祐にはメールで気持ちをやり取りする習慣がないので困り果てる。

「私は実は仕事以外では光希としかメールをしないので、本当は書き方も読み方もわかりません。いつも怒らせてごめんなさ……い」

感情をメールでやり取りしないので、だからいつも弟を怒らせるのだろうと理由を綴っているうちに、また光希からメールが入った。

「実家に、帰れよ正祐。俺が」

嫌いか？　と書かれたメールには、いつものように弟の写真が添付されている。

けれどそれはいつものようにアイドルグループの真ん中で不可思議な衣装を着て決め顔をしている光希ではなくて、実家の子どもっぽい柄の布団に潜って泣いている弟の写真だった。

「光希……」

どうやって撮るのか正祐にはわからないが、多分光希は今自分の部屋に一人でいて、泣きながらベッドに潜って自分で自分を撮影したのだろう。

とにかく弟は生まれつき勝ち気で、家族の前でも随分早くに泣かなくなった筈だった。

「……違う」

たまに映像や雑誌で見かける弟も、きっとそんなイメージだ。アイドル塔野光希は人前で泣いたりしないと、世間はそう思っている。

だが正祐は恐らく誰よりも、光希の泣き顔を沢山見ていた。

メールに貼り付けられた弟の泣き顔を見たら、正祐は何度も自分に縋って泣いた光希の声を、思い出した。

ずっと忘れていた。

いや、何もわかっていなかった。

もう二十二歳で「宇宙の女は俺のもの」と言い放って多くの人に愛されている光希が、何故こんなにも自分に執着するのかを、初めて正祐はちゃんと考えた。

そのことに何故ずっと気づいてやらなかったのだろうかと気持ちが落ちかけた途端に、当の光希から着信が入る。

「……もしもし」

いつでも音を消してある電話に慌てて出て、小声で正祐は呼びかけた。

俺。

短い声が、電話の向こうから聞こえる。想像の中の光希の声より、実際は大人だった。

「今、メールしようと思ってたんだよ」

おせえよ。

いつものように光希は悪態をついた。

今、外にいる。

不意に、そう聞かされる。

「え……？　だって実家のベッドの中の写真が」

それはさっき撮った。出て来いよ。

弟に言いつけられて、慌てて正祐は立ち上がった。

もう寒いのに上着も着ずに飛び出す。何かあったのかと不安になって往来に出ると、街灯の下に光希と思しき青年のシルエットがある。

いつも添付してくる写真のように派手ではなく、黒いパーカーにマスクで、人目につかないように光希は気を配っていた。

「どうしたんだ、光希。何かあったの」

駆け寄った正祐に、光希がマスクを取る。

「別に。ちょっと時間空いたから、正祐揶揄ってやろうと思っただけ」

端整で華のある顔をした光希は、暗闇でもきっと光源氏より美しい。

「泣いたりして」

「騙されたか。泣き真似だバカ。俺はドラマにも映画にも出てるんだぞ、演技なんか朝飯前だ。観てるか俺のドラマ」

何処までも弟は、正祐に強がった。

背丈がいつの間にか追い抜かれていたのに、正祐は今日初めて気がついた。

「ごめん。テレビがないんだ」

もう二十二歳だ。

背を追い抜いたのはとっくの昔のはずだ。なのに兄である自分は、そのことに今気づいた。

「あのボロい幽霊出そうなマンションなら、地デジも入んないかもな」

そうやって笑って見せる強がりの向こうにいる普通の弟を、正祐はもしかしたら一度も見てやらなかったのかもしれないと知った。

「……ちゃんと生きてんのかよ。正祐」

冗談めかして、光希はすぐに本音を聞かせた。

毎日光希がメールをしてくる理由にも、正祐はたった今さっき、気づいたばかりだ。それを本当に、すまなく思う。

「生きてるよ」

弟は兄が、心配で堪らないのだ。

写真と同じ顔をして何度も泣いた弟を、次から次へと、正祐が思い出す。

五つ年上の兄はきっと弟には子どもの頃から遠く、わからないことばかりだっただろう。けれど正祐には光希が愛らしい子どもだったし五つも離れていたので、実家にいる限りはかわいがりよく面倒を見た。

「メシとか、食ってんの」

「簡単なものを作ってるよ。お弁当も自分で作ってる」

「俺、おまえにたまに弁当作ってもらったな。家政婦が作るものすごい弁当が恥ずかしくてさ。松花堂弁当より立派なやつ。おまえののり弁、卵焼きとほうれん草くらいしか入ってないしさ」

大学進学で家を出て鎌倉(かまくら)に住むと教えたとき、弟は酷く驚いて泣いて怒って正祐を止めた。

もう弟は中学生で友達も沢山いたし、既に女の子のファンというものがいたと正祐は覚えている。

「そういうの、作ってるよ。鮭を焼いたりしてる」

「鮭の皮、取れっていうのにいつも皮がついてた」

「美味(おい)しいんだよ」

「おまえはいつもそう言う」

子どものように愚図(ぐず)って、正祐が出て行く日には光希は部屋から一度も出て来なかった。

それでも瀟洒(しょうしゃ)な豪邸を出て振り返ると、二階の窓から光希が自分を送ってくれているのが見えた。

振り返って笑って手を振った晴れ晴れとした兄が、光希にはどれほど悲しかったか。

今まで一度も、正祐は思いやったことがなかった。

そんな風に弟が、慕ってくれていることさえ想像しなかった。正祐が思う以上に光希は、兄を愛して気持ちを拗らせている。

いつまでも困った駄々をやめない弟が何故そうするのかを、正祐は考えてやろうともせずに今日まで来てしまった。

「鮭の皮、俺もう食べられるんだ。旨いって気づいた。おまえがしつこかったからさ」

弁当を作ってやったのは、十年近くも前のことなのに光希は昨日食べたように語る。

あんなにも愛される弟が自分に執着するのは、ただ兄を好きだからだと当たり前のことに、気づかずまた、泣かせた。

「光希」

言葉を探して引き留める子どものような目をする青年に、正祐が呼びかける。

「実家に帰れなくても、お兄ちゃん光希が近くに居たら会いに行くし。こんなに近くじゃなくても、会いに行く」

今まで言わなかったことを告げた正祐に、光希は目を瞠った。

「光希だって、いつでもこんな風にお兄ちゃんに会いに来ていいんだよ」

笑いかけたことが、光希にはわかったようだった。

「俺がどんだけ大人気アイドルだか知らないのかよ。俺がこんな風に何度も来たら住めなくなるぞ、ここ。だから部屋まで行かないでやったんだ」

「そんなこと気にしなくていい」

子どもの頃のように正祐は頭を撫でてしまいそうになって、手を浮かせる。

「だけど住めなくなったら、実家に帰ってきたらいい。帰って来いよ正祐。帰って来いよ。俺今からおまえがここに住めなくなるように、でかい声で歌の一つも歌ってやる」

必死で笑おうとしながら弟が繰り返すのに、それも今まではわがままのように流してきたと、頭を撫でるわけにはいかない手を握りしめて正祐は酷く悔やんだ。

「光希」

諫めて、慰めて正祐が、弟を呼ぶ。

「実家には帰らないけど」

嘘を吐くのは、どうしても得意にはなれないので正祐はそれを弟に教えた。

息を、光希が呑んだ。

「お兄ちゃん、光希が好きだよ」

かわいい弟がずっと何一つ響きもしない兄に、家族がいる、弟がいると投げかけてくれていたことをやっと受け留めて返す。

「おまえ、人との距離の取り方ちゃんと勉強しろバカ」

笑おうとして、とうとうできずに光希は俯いた。

そのまま背を向けて、光希が歩き出してしまう。

「俺はずっと正祐が大好きだバカ」

少し離れて、聞かされた声が泣いていた。

「光希」

何か言葉を掛けたくて正祐は光希を呼んだけれど、弟が走り出してしまう。

すぐに、暗闇に光希は見えなくなった。

いつまでも正祐が、その場に立ち尽くす。

何故ずっとちゃんと弟を見ずにいたのか、弟をわからずにいたのかと、長いこと胸を叩かれ続けていたことを知ろうともせずにいたのを正祐は何度も悔やんだ。

「距離の取り方、ちゃんと勉強しろ。か」

少年の頃から不思議な服を着て笑っている不思議な弟だと思っていたけれど、疎いのは正祐の方で、光希の方が余程人と人の距離が見えている。

だから弟は誰からも遠い兄が心配で堪らなかったのだと、溜息が絶えることはなかった。

何故なのか今日不意に弟の気持ちが見えたのは、最近正祐の近くに情人を名乗る人間が在るからかもしれない。

そう思って、大吾の顔が思い浮かんだ。

色悪で不敵で、傲慢な大吾なのに、今目に映ったのは穏やかなまなざしだ。

彼が自分を情人だと言うのなら、そのまなざしの中に自分が映ることもあるのだろうか。

それはやはり随分と心強いことだとぼんやりと思いながら、正祐はゆっくりと階段を上がって部屋に戻った。

後ろ手にドアを閉めると、寒い部屋がなおしんと静まりかえる。

「……一度、目を通そう」

夜明けまで自分の心を探してくれていた男の行いは、甲斐のないメールを送ることをやめなかった弟のようなものだったかもしれないと、確かに大吾の腕の中で心をなくしていた自分を正祐は思い返した。

酷いことをしたけれど、次に会ったときには何か情人に渡せるだろうかと、自分の心の所在を考える。

最初はぼんやりと、正祐は第十七巻の原稿を捲った。

けれど読み始めると、すぐに夢中で読んでしまう。純粋に酷くおもしろいし、心を引きずられる。どんどん正祐は、文字が刷られた白い紙を捲った。

読み進めるほどに物語はおもしろくなって、一方で正祐はとても辛くなる。

庇護なしでは生きられまいと思った宗方清庵が、源十郎の死から立ち直り、生き生きと文字の中を歩いていた。周囲の人々も源十郎のいない時間を、それぞれにきちんと生きている。

文字なのに、時間が確実に前に、動いていた。

もういない人は決して還らないのだと、誰もがそれをわかっている。

結末まで読み終えて、正祐は両手で顔を覆った。

文句のない、傑作だった。

読み物としても人情ものとしても、なんの不足もない。得るものも感動もあるのに、正祐にはまだ、辛い。

辛い自分がやり切れなかった。

十七巻の中には、遺された人々の当たり前の命が在る。

受け入れなくてはと囁く声も、本当は正祐には聞こえてはいた。

けれど正祐は四年も通夜を続けていたのだ。弟の自分を案じてくれる声も届かぬほどに、俯いていた。ただ還らぬ人を思って。

それが還らぬ人を生かし続けることだと思う頑なさは、簡単に解けはしない。

「……?」

了と書いてあったのに、いつもより残った紙の厚さが余計だと正祐は気づいた。

「どうして」

結末の後を捲ると、今まで一度もついていたことのない後書きが、奥付の前に一枚挟まっている。

東堂大吾は作品を渡すまでが自分の仕事だと言い張って、後書きもコメントも、いつも小説にはつけない筈だった。

ゆっくりと慎重に目を通して正祐が、なんのために大吾が最初で最後であろうページを割いたのか、理解する。

「他に意思を発信する場を持たないので致し方なく、ここで断言して、公言する」

声に出して正祐が読んだ堅い前置きの後にはっきりと、源十郎の番外編も復活もない、二度と源十郎を自分は書かないと大吾は宣言していた。

集中しろと何度も自分に言い聞かせたが会社の校閲室でも手が止まることが多く、期限が来て編集部へ校正原稿を返すときに、正祐は普段の半分も鉛筆を入れられなかった。

突然大吾の原稿に対して、疑問の余地がこんなに減る訳がない。ましてや今回は、メインに今まであまり出て来なかった歌舞伎役者が描かれていた。江戸末期の歌舞伎については、大吾も今回のために調べたことが多い筈だ。

それなのに疑問が半分に減るのはどう考えてもおかしいと、大吾の手を通ってもう一度手元に来た再校と呼ばれる二度目の確認も正祐は必死でしたつもりだったが、やはりあまり書き込むことができなかった。

後書きを読んだことで、明らかに集中力を欠いている。このまま出版されるのが不安で堪らなく、念校と呼ばれる印刷直前の最後の校正原稿を、正祐は自宅に持ち帰っていた。

最終の変更は、明日の昼だと言われている。

ただ焦る気持ちで繰り返し正祐が原稿を捲っていた深夜、手元の小説を書いた当人、大吾から携帯に着信が入った。

「……もしもし」

驚いて正祐が、慌てて電話に出る。念校は著者にも届いているので、大吾は正祐が今最後の確認作業だと知っている筈だった。

念校を持って、今からすぐに来い。

それだけ一方的に言うと大吾は電話を切ってしまい、正祐は念校と鉛筆を持って冬の訪れている往来に駆け出すほかなかった。

インターフォンを鳴らすと、すぐに大吾は玄関を開けた。

「こんばんは」

頼りなく挨拶をした正祐に、上がれと仕草で示して大吾はすぐに声を聞かせない。

促されるままいつもの居間に入って、紫壇の座卓の読書灯だけがつくその灯りの下に、念校が広げてあるのに正祐は息を呑んだ。

「あの」

「座れ」

ようやく口を開いた大吾は無愛想だったが、怒っているのとは違うと正祐にもわかる。

言われて読書灯の前に、正祐は座った。

隣に腰を下ろした大吾は、簡単には用件を言わない。

「念校を見ていたのか」

「……はい。明日の昼が下版なので、それまでは確認したくて」

「何か、疑問は見つかったか?」

「いいえ。今日も何度も、読み返していたんですが。何も」

問われるまま正祐が、不安に覆われながら正直に答えた。嘘の吐きようもない。繰り返し見ても、疑問は何も出て来ない。

「そうか」

滅多に聞かせない困ったような溜息を、大吾は吐いた。

こんなにも歯切れの悪い大吾に、正祐は初めて会う。何をどれだけ大吾が言い淀んでいるか、考えるだけで怖い。

いつもの大吾なら、言いたいことがあればすぐに言うだろうし、遠慮も躊躇もなく怒鳴りもするだろう。

わけのわからなさが、ひたすら正祐を不安にした。

「俺は、おまえを信頼して念校は読まないことがある。これはおまえが俺の担当校正者だと知る前から、あったことだ」

　突然思いも掛けないことを打ち明けられて、言葉も出ないほど正祐は驚いた。

　実のところ念校を読まない作家は、珍しくはない。量産する作家は読まない者も多かった。

「再校まで目を通したら不安はないので、おまえが校正しているとわかっているときは、実はこの二年ほどはほぼ読んでない」

　最近の大吾は多作だが、量産型とまでは言えない。

　文芸作品も書く大吾が念校を読まないというのは俄には信じがたいことで、それだけ自分が信頼されていたと知るのに正祐は時間が掛かった。

「何か、最近のおまえはおかしいので、たまたま念のため読んだ。……ああ、だから念校というのか。なるほどな」

「何か、見つかりましたか」

　震えるような思いで、ようよう正祐が尋ねる。

　また、少し大吾は黙ってしまった。

「何か、あったんですね」

「些細な誤字だ」

　言いたくなさそうに、大吾が短く教える。

　考証の間違いでも整合性の綻びでもなく、誤字だと聞いて正祐は血の気が引くのを感じた。

「そんな」

何度目を通したかわからない。誤字脱字に関しては、せめてそこだけでも集中すれば徹底できるはずだと、いつもより念入りにした程だ。そうでなくても正祐はこの仕事に就いて三年、ただの一度も誰の原稿でも誤字脱字だけは出したことがなかった。

「何処ですか」

「ここだ」

身を乗り出して念校を見た正祐に、大吾が該当箇所を指差す。

示されているところを、三回、正祐は読んだ。それでもわからず四回、五回目行を追ってやっと、一字誤字があると知った。

十代目片岡仁左衛門となるべき箇所が、「仁佐衛門」となっている。左に要らない人偏がついているのに、大吾に言われるまで正祐は少しも気づかなかった。

「すみません……私は」

「元は俺が歌舞伎役者を架空の名前にしようとして、字を入れ替えたんだ。打って変換したんじゃなくて、一字ずつ組んでみた。だがわざわざ人偏を付け足して架空だというのもどうかと考え直して、実在した歌舞伎役者に途中で戻した。一箇所だけ人偏の字が残ったのを、俺が忘れていたんだ」

全く似合わない正祐のための言い訳と擁護を、大吾が重ねる。

そんなことに言葉を尽くしたことがないのだろう大吾の言葉は、不慣れさがよく現れて辿々しかった。

その無様さに自分で気づいて、大吾が訳を語るのをやめる。

「おまえが明日、自分が気づいたと犀星社に報告しろ」

少なくともきっと遠野で暮らし始めて以降、大吾の人生にはなかったことをさせていると、苦い顔をして言いつける大吾に正祐は自分を殺したいほど憎んだ。

「ルール違反です。先生が、担当編集者にご報告してください。私は明日の昼まで読み続けても、気づくことはできなかったでしょう」

首を振って正祐が、大吾の申し出をきっぱりと断る。

「私は、先生の担当校正者を降ります」

目を見て正祐は、大吾に告げた。

「こんな意地の悪い間違い探しみたいな誤字を書いて、おまえを陥れたようになるのはご免だ。俺が悪かった」

「あなたと話すようになって、あなたが私に謝ったのはこれで三度目です」

早口に言った大吾に、それも全て自分がさせたと思うと正祐は本当にやり切れない。

「今が一番、あなたが謝ってはいけないことだったと思います。どんな意図だろうがどんな文字組だろうが、何十万字という中から一文字の誤字を見つけるのが私の仕事です。あなたの仕事ではないし、あなたの責任では全くありません」

該当箇所に自分では鉛筆を入れずに、正祐は座卓から離れて正座で大吾に深く頭を下げた。

「よせ」

「至らずに、本当に申し訳ありませんでした」

畳に指をついて正祐が、心からの謝罪を大吾に告げる。

「とうに、降りるべきだったんです。私が先生の作品と、校正者として向き合えなくなったときから」

頭を下げたまま言った正祐の腕を、強く摑んで大吾は顔を上げさせた。

痛ましげに目を見られて、それは心から屈辱だと、正祐が仕事を遂げられなかった自分を呪う。

「たった、一文字だ。何も担当を降りることはないだろう」

「そのたった一文字に、あなたがどれだけ心を掛けてどれだけ心を削られているかを私はよくわかっていたから、いつも必死でした」

それは大吾と同じに、正祐にも直接大吾と言葉を交わす前からのことだった。

全ての作品に等しい思いで向き合っていると言わなければならない立場だが、実際正祐の大吾の作品への思いはまるで違った。同じ程の強い思いは、どの作家、どの作品にも向けたことがない。

惹きつけられたのは源十郎がいたからだけれど、読むうちに正祐は本当に大吾の書く文字を愛した。どんなときも大吾の書く言葉は、一文も、一文字も考えずに綴られていないのが、作品と出会ってすぐに正祐にはわかった。

だからこそ大吾の伝えたい文字の中にあるものを、間違いのないように、何かのズレやちょっとした思い違いが邪魔をしないように、正祐はいつでも特別な入れ込みで追いかけた。

「校正者は本当は、感情を入れて物語を読んではいけないんです。感情にまかせて読めばリズムに乗ってしまい、他愛のない誤字脱字を見逃しやすくなります。本当は先生の作品をこれほど愛したときに、私は担当を降りると決断するべきでした」

もっと早くに踏ん切らなくてはならないことだったと、正祐が首を振る。

「会社に申し入れます」

腕を摑んだままでいる大吾の目を見て、正祐は告げた。

「それは困る」

一時も迷わずに、大吾が正祐を引き留める。

「あなたも私ではない方が、仕事がしやすい筈です」

「楽にはなるだろうが、おまえほど俺を愛する校正者は今後現れないだろう」

「あなたの作品をです。作家なのに大事な言葉を抜かないでください」

困って笑った正祐に、大吾はつきあわず引こうとしなかった。

「おまえほど信頼できる校正者に、作品を預けられることは今後ない。おまえを失うのは俺には大き過ぎる痛手だ。だいたい、一文字誤字を見逃して担当を降りるなど聞いたことが……」

最後のそれは少しも正祐を引き留めないだろう言葉だとすぐに気づいて、一般論を大吾が途中で切る。

「そんなおまえが、何故こんな簡単な誤字を見逃した」

正直な気持ちを、ようやく大吾は正祐に明かした。

仕方がないと思おうとしながら、確かに大吾が失望はしているのが正祐にも伝わる。

まさか校正で誤字脱字を見逃されると思って大吾が念校を読んだのではないことも、正祐にはわかっていた。

初校への書き込みもいつもより極端に少なく、それだけでも大吾を充分に不安にさせたのだろう。

不安にさせるには充分に、自分の集中力が足りなかったことを正祐は自覚していた。

過分な信頼を裏切ったことも、今はっきりと思い知らされた。

「動揺したんです」

集中に欠いた理由を、正祐が大吾に打ち明ける。

「この小説には、初めての後書きが入っていました。先生は今後一切源十郎を文字にすることはないと、明言なさいました」

きっと大吾はもっと失望して自分に呆れるだろうと思ったけれど、正祐には違う言い訳も嘘も何も思い浮かばなかった。

「それで私は、激しく動揺して我を失くしました」

「まだ納得しないのか」

案の定、大吾は酷く腹立たしげな声を正祐に投げてよこす。

「私にはもうずっと、文字の中の源十郎しかいません。源十郎は祖父そのもので、私は文字の中に祖父を見つけられればそれで良かった」

居直っているつもりは、正祐にはなかった。それが本心で動かない気持ちだから、どんなに大吾を憤らせても声にするしかない。

どうしても通夜が終わらない。一時は大吾のそばで、祖父を忘れた日もあったのに。

「当たり前の、誰もが乗り越えなけりゃならないことが何故いつまでもできない。死ぬことだって生きることだろうが。どうしていつまでもそれを受け入れない」

「受け入れられません。祖父は逝ってしまいましたが、あなたには源十郎を永遠に生かすことだってできた。沢山の人がそれを望んでいました」

当然の理屈を押しつける大吾に、不意に、正祐は大吾こそが何故わからないのだと心から受け入れがたく思った。

「何故、殺したんですか」

何度も尋ねたことを、それでも正祐は大吾に訊いてしまう。

何故なら正祐が縋っていたその人を、生かし続けることができたのは大吾だけだからだ。

「人はみんな死ぬだろう。何度同じことを言わせる」

「人は死にます。あなたのおじいさまも、私の祖父も逝ってしまいました。けれど源十郎は人ではない」

「源十郎は、言うべきことは全て言った。命の役目を全うした。何故わかろうとしない。源十郎だけじゃない。俺のじいさんも、おまえのじいさんもそうだ。ただ普通に、おまえも俺もいつかそうするように生き終えただけだ」

いつものように大吾は声を荒らげない。目を逸らそうとする正祐の頬を抱いて、聞こうとしない耳にありふれていても決して動くことのない理を注ぎ込んだ。

「健やかに生きろ、どうか幸せになってくれ。それ以上、先に逝く者が残る者に一体何を望む」

怒鳴りつけられた方がましだと、逃げようもなく正祐が大吾の言葉を刻まれる。

「おまえを愛した人が、他に何を望むとおまえは思うんだ」

静かなようで大吾の声は、今度こそ正祐がそれをわかることを強く乞うていた。

「俺はじいさんに聞いた言葉は、もう全部書いた。だから源十郎の役目は終わって、寿命が来たから解放してやったんだ。俺がしたのは、それだけのことだ」

乞うけれど強いることを、大吾はしていない。

「おまえも、解放してやれ。安心させてやれ、おまえの幸いを望んだ人をもう放してやれ」

ただ教えられているのだと正祐は知ったけれど、頷いたら最後もう何も残らないと、首を横に振った。

「生きてる人間と、ともに生きろ」

「死に際の、源十郎の台詞」

言い聞かせられて、何度も読めてはいない十五巻の言葉だとそれでもすぐに、正祐にはわかる。

「そうだ。死にたくないと俺を恨んだじいさんが、最後に俺に頼んだことだ。じいさんは俺に懇願した」

耳を塞ごうと足掻いた正祐の両腕を、強く大吾は摑んで引いた。

「一人息子の葬儀でも泣かなかった人が泣いて、遺すというのはなんと悲しいことかと俺は教えられた。おまえのじいさんの一番の心残りは、おまえがちゃんと生きないことだろうが」

「……ずっと、祖父しか私をわからなかったのに。どうしろと」

「目の前の人間を愛せばいいだろ」

もうほとんど駄々と変わらない言葉でまだ抗った正祐に、大吾が声を聞かせる。

戦慄いて正祐は、随分と久しぶりに、大吾の目の前に心を置いた。

「生きてる者と生きろと言いながら、目の前の私を抱いて私の身の内にまで入り込むあなたは全くあてにならない」

「どうして俺があてにならない」

ずっと所在ないようだった力が、己の瞳に籠もるのが正祐自身にもわかる。随分長いこと、その力を正祐はすっかりなくしていたので。

「あなたは……何も持とうとしない人だということが、私にはわかります。山のような蔵書を積み上げられても、抱かれて口を吸われて体の中に入り込まれてその上体液を掛けられてもわかります」

咎める正祐の声を大吾は、意味を取ろうと動かずに聞いていた。

「私にそこまでする人が私を持たない人ならば、私はこの世の誰をどうやって愛せるというのですか。私には」

それを教えるのを、わずかに正祐が躊躇う。

「あなたほどそばに在りたいと思う人は、いません」

告げて正祐は言葉を掻き消すように首を振ったが、じっとして大吾は正祐が声に直して思いを整えるのを見つめていた。

「私は家族が好きですが、一番親しい筈の家族とさえ擦れ違う。わかり合えないし、ときには家族は私に過剰に気を遣う。私がそうさせていることだけはわかるんです」

ついこの間、泣いて走って行った弟を正祐が思う。ああまでさせて、気づくことさえしてこなかった自分を、けれど今から時を戻してやり直せはしない。

「あなたの言う通り私は一人で、それは元々のことでした。けれど祖父といた頃は確かに一人ではなかったのに、祖父は別れも言わずにいなくなってしまった」

「それきり、ずっと一人か」

確かめるように大吾は、ゆっくりと正祐に訊いた。

「あなたに抱かれているときに、一人ではないように思う日もありました」

掌で頬を抱かれて、どうして大吾にはわからないのかと正祐の方が焦れる。

「どんどんあなたを近くに思う日が増えて、私はもう耐えられない」

独りでに涙が、正祐の頬を伝い落ちた。

「今はもういない人を思っていれば、あなたを思うほどには怖くない。いない人はいないままだけれど、目の前のあなたはいついなくなってもおかしくない」

「おまえは俺が好きなんだ」

額に、額を合わせながら大吾は、涙を拭うことはしてくれない。

「俺が必要なんだろう」

言い聞かされて正祐は、冗談ではないと言いたかった。

「かまわん、好きに愛せばいい。俺もそうする」

落ちる涙をただ見送って、大吾が自分に何をしろというのか正祐にはすぐに理解できない。

「俺は確かにおまえの言う通り、何を持つのも恐ろしいので持たずに生きるつもりだった。石より頑なじいさんが死にたくないと泣くのを見た俺が、本当に恐ろしいがそれでもおまえを持ってやると言っている」

わからないのかと大吾は、正祐の目を覗き込んだ。

「ありがたく思って、目の前の俺をかまわず愛せ。俺も好き勝手におまえを愛す」

「……そんなのは嘘です」

両手で大吾が、正祐の頬を包む。

「おまえを、俺はちゃんと持つよ」

逸らしようもなく大吾の真摯なまなざしと言葉を注がれて、余計に正祐は一秒でも早く一人になりたいと思った。

「嘘を」

もうほとんど甲斐のない言葉を重ねようとした正祐の唇を、大吾が唇で塞いでしまう。

深くはならずに、他人の体温を教えるために大吾は長く唇を合わせて、そのまま正祐を畳に寝かせた。

「どんな風に触れてやればわかる」

髪に触れ、頬を撫でて、大吾の掌が正祐をぬくもらせていく。

「おまえの乞う通りに触ってやる」

肌を探られる度に大吾だとわかって、なお正祐は逃れたくなった。

「どんな風にも、触らないでください」

瞳が濡れるのをどうすることもできずに、正祐の声が掠れて戦慄く。

「あなたが私に触れるたびに、私は怖くて仕方がない」

「なんだ」

憎らしいほど穏やかに、大吾は笑って正祐を撫でた。

「近頃おまえの様子がおかしいと、ずっと訝しんでいた」

何もかもわかったような顔をする大吾が憎らしくて、正祐が唇を嚙み締める。

「俺より先におまえの方が、始めてたんじゃないか」

そんなに嚙むなというように、大吾は熱い指で、正祐の唇を撫でた。

「……何を」

「おまえはもう、俺を持ってる」

ようよう尋ねた正祐に、今更何をと大吾が答える。

「あとはただ、放さずにいろ」

もう正祐の意思など構わず大吾は、服を剝いで熱を持つ肌を合わせた。

「どんなに泣いても」

人を一人、持たされて怖さに泣く正祐の涙が、堰を切ったようになるのを大吾は見ている。

「おまえを抱くよ」

耳元に落とされた声だけが睦言のようで、言われた通り正祐は、自然のことのように大吾を放さず摑んだ。

腕が先に肌を摑んで、心がいつの間にかそれを持っていたことを気づく。

始めていたと、大吾は言った。

還らぬ人以外の者を愛することの話だと、正祐がようやく思い知る。

口づけは段々と深まっていった。

正祐の指が、必死に大吾にしがみつく。

熱が上がり息が上がる正祐の肌を、大吾はこともなげに月明かりの下に晒した。自分も裸になって、もうとうによくわかっている正祐の肌をゆっくりと撫で、舐っていく。

「……っ……」

「声を殺すな」

胸を吸われて、濡らした指で中を搔かれて正祐が唇を嚙み締めるのに、大吾は告げた。

「ん……っ」

一度口づけられて、唇をこじ開けられる。

「んあ……っ」

途端に指を深く埋められて、正祐は喘いだ。

「おまえの声が好きだ。高過ぎず、低過ぎず」

「ん……あぁ……」

「俺の前ではいつも掠れている。酷く濡れて」

いつもより性急に正祐の肉を解して、大吾が指を引く。

容量のあるものを押しつけられて、正祐は少し息を呑んだ。

「あ……っ」

けれどそこからは大吾は決して急がずに、ゆるゆると正祐の中に入り込む。

「や……あぁ……っ」

指で散々掻かれたところを不意に強く押されて、正祐はびくりと肌を揺らして達してしまった。

「……っ……、ん……っ」

自分の肉が酷く大吾を求めているのがわかって、正祐もまるで手が付けられない。

気づくと正祐は大吾に両腕を押さえつけられるような格好になって、中を行き来されては声を上げていた。

「どうしてそんなに……腕を強く摑むんですか」

それは大吾が時折自分にする行いだと気づいて、手首への圧力に正祐が涙を散らして尋ねる。

「おまえはいつでも逃げ出しそうな顔をする」

捉まえられているのだと、教えられて正祐は苦笑した。

「私は何処にも逃げるところはないです」

もう扉の向こうの文字も、正祐が逃げ込むことを二度とは許さない。

「これではあなたの背が」

正祐がそれをもう、しないと決めたので。

「抱けません」

掠れた声で言った正祐に、大吾は腕を押さえるのをやめた。手首を思いの外強く摑んでいたと気づいて、手を取って唇を強く押し当てる。

「痕になったな。すまない」

出会って四度目、大吾は正祐に謝った。

それは酷く正祐には、寂しいことのように思える。

「謝らないでください」

「何故だ」

「……っ……」

尋ねながら大吾は、深く正祐を抱き込んだ。

「あなたのものだという気持ちが」

薄れると、また奥を探られて正祐はちゃんとは声にできない。

「ん……あぁ……っ」

「俺の腕の中で、そんなにも泣いて喘いで。それで俺のものでないのなら、おまえはとんでもない淫売だということになる」

「酷いことを」

「おまえは俺のものだと言っている」

耳を食んで大吾が、また深く正祐の中に入り込んだ。

「んあ……っ」

泣いた顔を見られて、正祐が無意識に唇を開いてしまう。

「……本当に？」

問い掛けはもう、朧な意識の中だ。

「心細そうな目をするな」

ふと、大吾の息が上がった。

「おまえの身を慮ってやれる余裕がなくなる」

「そんなことはどうでもいいです」

押し入る力を大吾が、随分加減してくれていることが正祐にもわかる。

「私は、殺されてもあなたのものになりたい」

「……余裕がなくなると言っただろう。知らんぞ」

「あぁっ」

言葉の通りにされて、正祐は身を震わせた。

「殺しはしない」

「んあっ、あぁっ」

耳を舐られてはしたない濡れた声が自分の耳にも響いて、正祐は本当に殺されてしまいたいと願う。

「おまえがいないと俺も一人になる」

けれど情人がそう言ってなお深く入り込んで来るのに、殺されるわけにはいかないと思い直して正祐は意識を手放した。


いつもの晩とそれは、何もかもが違うわけではなかった。

最初は多少ゆるやかに互いがいることをわかるように大吾は正祐を抱こうとしたけれど、結局は体の赴くままに求め合い抱き合って、最後にはすっかりわけがわからなくなった。

そうして心を見せ合って寝てみれば、昨日よりももっと前から、それぞれが互いの手を持っていたのだと改めて知ることになっただけだ。

けれどそれをきちんと知るのは正祐には、昨日が初めてのことだった。

「……何時ですか?」

障子から差す陽光の中目覚めて、傍らにいる大吾に正祐がすぐに時間を尋ねる。

「後朝の言葉が、時間か。大丈夫だ。念校の訂正は、さっき俺から電話しといた」

言われて辺りを見回すと、紫壇の上の念校の横に電話の子機が置かれていた。

「あんなに睦み合ったのに何より最初にそれとは、呆れた校正馬鹿だな」

安堵した正祐を引き寄せて、いつの間にか運んでくれた毛布で大吾がその身を包む。

「ええ、他に取り柄もないので」

掠れた声で呟いて、昨日大吾に抱かれるまでと、やはり自分が随分違うことに正祐は気づいた。

「担当を、続けさせて頂いてもよろしいでしょうか」

ずっとしがみついて放さずに、通夜を続けていた唯一無二と思った人を、やっと放してやれたのだと知る。

代わりに少々当てにならない男を自分が摑んでいることもわかって、正祐は小さく笑うしかなかった。

「俺は一度もおまえに担当を降りろと言ったことはない。会社に怒鳴り込んだときにも言わなかったのに、気づかなかったのか。さっき編集部に人偏の件を電話したら、卑怯な手で塔野さんを陥れようとしたんですかと俺が激しく責め立てられた」

かなわんと、大吾が憮然と正祐に教える。

「ありがとうございます」

礼を言って大吾の肌に添ったまま、ふと、一つ残していることがあると正祐は思い出した。

「……私の名前の人物について、あなたは私よりよく知っていますよね」

「ああ、多分」

高い体温に包まれてぼんやりと尋ねた正祐に、大吾が頷く。

「子どもの頃調べようとしてやめたのは、確かに実の姉への恋慕がすぐにいくつも出てきたからですが」

頑なに名前のことを紐解(ひもと)いてみようとしなかった本当の理由には、大吾に問われて、正祐も気づいてはいた。

「祖父が亡くなってからも調べずにいたのは、答えを一つ残しておきたかったからのような気がします」

「そうかもな」

もうそれを咎(とが)めずに、大吾は指先で正祐の髪を戯(たわむ)れに直している。

「いつか祖父から、聞けるような気がしていました」

それはあり得ないことで自分は愚かだったけれど、大吾もそこまでは咎めずに置いてくれたのだと、似合わないやさしさに正祐は笑った。

産まれてすぐ顔を見て、娘の麗子(れいこ)に顔は瓜二つだが気性はまるで違うとわかったと、正祐の祖父は言っていた。麗子は己の美しさを謳歌(おうか)したが、この子には要らぬ苦労の種になるかもしれないと心配したがどうだと、時々尋ねられた。

祖父が名付け親を買って出たのは、正祐だけだ。

「今、知りたいです。あなたから、聞きたい。語って聞かせてくれませんか」

乞うと大吾が、「ああ」頷いて少し考え込む。

話の起点を、探しているようだった。

「上山正祐(うえやままさすけ)は、姉の金子(かねこ)みすゞを誰よりも愛した人物だ」

少し調べると何より先に出てくることを、大吾が正祐に語る。

「みすゞの数々の美しい言葉は、彼女が二十六歳でこの世を去ってから世に広まるのに五十四年も時間が掛かっている」

「随分、長く掛かりましたね」

「遺品として三冊の手書きの手帳を託された筈の西條八十(さいじょうやそ)は、その原稿を紛失した」

触れまいとしていたのでまるで知らなかったことを教えられて、あまりのことに正祐は言葉を失った。

「みすゞの死から五十四年後に、やっと上山正祐は遺稿集の出版に漕ぎ着けた。児童文学者の手を借りた」

詳しい経緯は語らずに、伝えられている事実だけを大吾が正祐に話して聞かせる。

「おまえが生まれる少し前くらいじゃないか、そのことで金子みすゞや上山正祐の名前が世の中に出たのは。弟は五十年以上、ずっと姉の遺稿を抱いていた。自らは劇団を創設して運営しながらも、姉の遺稿をどうにか世に出そうと半世紀大切に抱いていた」

ずっと大吾が気に掛けてくれていた自分の名前の話が何処に向かうのか、その姉と弟はどうあったのか、やはり少しは不安で正祐は黙って聞いていた。

「学芸員だったおまえのじいさんは、事情をよく知っていたんじゃないのか？」

そうであることには間違いないだろうけれど、祖父の意図はまだ、正祐にはわからない。

「何故上山正祐が原稿を持っていたかには諸説あるようだが、みすゞは服毒自殺するときに弟に遺書を遺している。おまえの名前で思い出したんで、俺はつい最近読み返した。おまえの名前がみすゞの弟と同じだとすぐに気づいたのも、その言葉があまりに鮮烈で忘れられなかったからだ」

息を呑んで正祐は、続きを待った。

「さらば、我等の選手、勇ましく往け」

長く正祐を待たせることは決してせず、特別な感情や抑揚を乗せないように気遣って、大吾が上山正祐に遺された言葉を綴る。

唇を強く、正祐は嚙み締めた。

何故もっと早くに知ろうとしなかったのかとは、思わなかった。いつか大吾が言っていた。知ろうとする日が、その言葉が正祐に必要なときなのだろうと。

勇ましく往っているかと、確かに祖父の声が聞こえた気がして、やはりどうしようもなく涙は零(こぼ)れた。

きっとこんな風にはっきりと、亡き人の声を耳に返すのは最後だろうと、それだけを正祐が惜しむ。

久しぶりに聞いた祖父の声を、届けてくれたのは大吾だ。

「いつか、おまえが迷った時にこの言葉に行き当たることを願ったんじゃないのか」

泣いている正祐を知りながら、ただ大吾の手がわずかに髪を撫でる。

「俺はおまえと違って、亡くなった人の言葉を代弁することなど一切躊躇わん」

律儀に、正祐がいつかそれを謝ったことを覚えていて、大吾は言った。

「声にしてこれをおまえに言えるのは、生きている者の当然の権利だ」

声で正祐も礼を返したかったが、なかなか喉が開かない。

「……子どもみたいに、泣くな。悪さをしている気がしてくる」

似合わない困り果てた言い方で、大吾は仕方なさそうに正祐の瞼(まぶた)に口づけた。

抱きしめられるままに正祐が、大吾の腕に縋(すが)り付く。

宥(なだ)めるように正祐の肌を撫でて、大吾はただ抱いていてくれた。

「いやなもんだな」

涙が止むのを長く待ってから大吾が呟くのに、ようやく正祐が顔を上げる。

「何がですか」

本当に嫌そうな大吾の真意が何もわからず、正祐は尋ねた。

「持たないようにして生きてきたのに、おまえのせいで死ぬのが怖い臆病者になった。無頼(ぶらい)は俺の作家性だぞ」

戯(おど)けるでもなくそう呟かれて、本当に大吾が怖さを覚えたのだと正祐にも伝わる。

「私も今知ったことを、あなたに教えます」

濡れた頬を拭って、小さく正祐は笑んだ。

「なんだ。生意気だな」

不満そうな横柄(おうへい)さは大吾のもので、多少はやさしくない方が正祐にはよく馴染(なじ)む。あまりやわらかく触れられたら、それに慣れるのがまた嫌だ。

どうせすぐ大吾は、またいつも通り好きに振る舞う。

「それは存外、普通の感情のようです。自分ではないどうにもならない誰かを、愛することは」

いつの間にか自分の中に生まれていた、他者である大吾を求める気持ちは、受け入れたら正祐には生きるに必要な当たり前の思いだとわかった。

長く正祐はその当たり前に必要なものを、もういらないと拒んでただ俯いていたのだ。

「おまえに普通を語られると、俺は普通を見失う」

「私はあなたが好きですよ」

わからないことを言った大吾に、平易な言葉で正祐は告げた。

特に大吾は、何も返しはしない。

これ以上正祐から、大吾に望むことは何もなかった。肌を合わせている心地の良さから、早く立ち上がって日常を生きなくてはと自分を急(せ)かす。

「念者(ねんじゃ)を一途に思いながら主君の命(めい)で斬り殺されるのが至上の望みという時代でなくて、良かったです」

せめてそれが救いだと、大吾に抱かれて正祐は独りごちた。

「何百年前の話だ。『傘持つてもぬるる身』の小輪(こりん)じゃあるまいし」

以前も少し二人の話題に出た物語の、愛する念者への一途さと主君への忠義で斬り殺されるのが本望だった若衆(わかしゅ)の名前を、あっさりと大吾が口にする。

「説明をしなくて済むのが、あなたの長所です」

唯一ではないとまではもう教える必要もないと、つまらなさそうな顔をするいつもと変わらない大吾を、正祐は見上げてわずかに笑った。

色悪作家と校正者の八郎

いろあくさっかと
こうせいしゃの
はちろう

師走が深まる頃は、たいてい作家というものは極端に忙しい。

「ようやく一区切りだ」

それでもいよいよ年が改まるという時には、東堂大吾は西荻窪鳥八のカウンターでとりあえずのビールを呑んでいた。

「お疲れさまでした」

校正者である塔野正祐も師走は平素より忙しくはあるが、隣にいる疲れ切った男のこの一月を見ていると、自分はまだ勤め人としての常識の範囲だと思える。

「疲れてなんかいない」

鳥八を訪ねられたのも大吾は一ヵ月振りで、表情から何から健やかとは言い難いのに疲れていないと言い張った。

実際、いつもの年末より今回大吾がずっとハードなスケジュールをこなしていたことを正祐は知っていた。

大吾から聞いたわけではなく、手元に来た出版スケジュールから知った。

予定になかった地方民話を元にした小説を依頼されて、無茶な予定の中で大吾はそれを引き受けたという。

「少しお痩せになりましたし、顔色も悪いですよ」

無理を引き受けた理由は、尋ねなくても正祐にはわかった。

復興支援を必要としている土地の活性化に、名前の通った作家として大吾がその本を書くことはきっと大きな一助になる。

「そんなにやわじゃない。至って元気だ」

睡眠時間を大幅に削ったことは明らかで、それでも大吾は疲れたと認めなかった。

「毎年この時期は忙しそうだね。まあ、求められるうちが花の商売なんだろう」

鳥八の老翁百田が、白菜を薄口の醤油だけでとろけるまで炊いた小鉢に、柚胡椒を添えてそれぞれに置いてくれる。

「その通りだ。今の時期暇になったらお終いだな」

出会って初めて見る翳りのある目元が、正祐は気になって仕方がなかった。

「何してた、おまえ」

あたたかな湯気を立てる白菜に箸をつけながら大吾が、徐に正祐に尋ねる。

「いつも通り仕事をしておりました」

さっさと食事を取ってくれないだろうかと、その口元を見ながら正祐は答えた。

「そんなことはわかってる」

つまらない答えだと大吾が、呆れて肩を竦める。

「仕事以外で何してた。一ヵ月放っておいたぞ」

それを悪いと思っている口調では全くなかったが、情人としての束縛する心はあるのか、大吾の言葉は正祐にこの一月の報告を求めていた。

なんなら貞節も求めているのだろう。

「……呆れます」

密かに大吾の体を心配していた心が、さすがに正祐から吹っ飛ぶ。

作家としてしか知らなかった頃からそういう男だとはわかっていたが、大吾本人に直接言ったこともある通り、時々こうして最低最悪の封建主義者でもある一面が覗くと、正祐は溜息を吐いた。

「何がだ」

「他はだいたいきちんとなさっているのに……思考というか、思想の話ですが。どうしてあなたはそこだけ明治の男なんでしょうね。乃木大将ですか」

昭和でさえないと正祐が、大正も飛ばして、明治天皇に殉じた乃木希典大将まで飛んでやる。

「だから何がだ」

「江戸時代の男性は、むしろそこはもう少しマシでした」

「おまえ何処にいるんだよ。おい」

明治だの江戸だのと一人で遡る正祐に、大吾は顔を顰めてビールを飲み干した。

「なるほど乃木大将ねえ」

笑って百田が、肝も墨も一緒に味噌で炊いたヤリイカに万能ネギを散らした皿を、二人の真ん中に置く。

「これは日本酒だな」

「燗つけようか」

「いや、まだその域まではいけないな。会津中将純米、二合徳利で」

自分は若造だと笑って、大吾は百田に日本酒を頼んだ。

「あなた意外と単細胞ですね」

「なんなんだおまえは！」

「乃木大将と聞いたから、中将を連想したんじゃないんですか？」

「あ」

正祐に言われた大吾が、無意識の選択の理由がその通りだと口惜しそうに眉を寄せる。

「放っておいたから怒ってるのか。おまえ」

「いいえ。仕事以外の時間は平素と変わらず本を読んで過ごしておりました」

そんなつもりはないと正祐は言いたかったが、きちんと恋人になった途端に一月放置されたことを、言われれば何も感じていないわけではないことに気づいたもののそこには目を合わせなかった。

「三鷹の美術ギャラリーには行きました」

元々正祐は大吾がいなくても全く行動的ではなかったが、一人で引き籠もっていたと思われるのも癪で唯一外出した先を教える。

「何を観に行った」

「滝平二郎展をやっていたので、それで参りました」

尋ねた大吾と正祐の間に、すっと二合徳利が置かれた。

「何故俺を誘わない！」

滝平二郎と聞いて大吾が、一月血眼で原稿を書いていた自分を忘れ果てて突然声を荒らげる。

「あなたは、連絡があるまで急用ではない限り電話もするなと私におっしゃいました」

「滝平二郎展は急用だろう。もう会期は終わったのか」

「先週で終了だったので、一人で行ってきました。あなたもお好きですか」

「当たり前だろう。何が展示されていた」

余程見たかったのか忌々しげに言って大吾は、それでも二つの猪口に酒を注いでくれた。

「まず入り口では、『モチモチの木』の豆太が影から覗いていました。大変かわいらしく、雪隠について行ってあげたかったです」

滝平二郎は木版画を中心にした作家で、作家の斎藤隆介とともに数々の名作を世に遺している。

「おまえが子どもに対してそういうまともなことを言うとはな」

「豆太は愛らしいです。入り口の付近には、滝平二郎が沖縄戦で見た痛ましい者たちの素描が並んでいました」

「……そうか」

「戦時中は自分が愚かしいことをしていると気づけなかったという言葉が、印象的でした。悲惨さ以外に伝えるものはないと」

それは見たかったと、大吾は猪口を口に運んだ。

「後は、懐かしい絵本の原画やリトグラフです。『花さき山』は美しく」

「花さき山」とは、何処かで誰かが人を思いやるやさしさで何かを耐えたときに、その涙で咲く美しい彼岸花に彩られた山の物語だ。

「懐かしいな。あやが妹のために着物を我慢して、山に入ると山姥がいるんだったな」

「そうです。やさしいことをすれば花が咲く、命をかけてすれば山が生まれると山姥にあやは教えられて。弟に母親の乳を譲った兄の涙も、きれいな花を咲かせていました」

注がれた酒を口にした正祐を、ふと頬杖をついて大吾が見つめる。

「共感するか。あやや、その兄に」

問われて、正祐は考え込んだ。

着物が欲しいとか、母親の乳が恋しいとかいうまともな子どもらしい感情はそもそも正祐には皆無だったが、「花さき山」は他者のために耐えることが花を咲かせる山だ。

「そうですね。子どもの頃は、そういう気持ちで読んだと思います。他者とはいつでもペースが合いませんから、和を乱さないために耐えることも多少はしました」

家族の歩調や、集団の在り方に合わせて我慢ということをしないではいられなかったと、正祐が笑う。

「俺は『花さき山』を読んだのは、小学校に上がる前だった」

「そのくらいでした、私も。絵本ですからね」

大きなひらがなで書かれた絵本はけれど、美しいばかりではなく寂しく切なかったと正祐は覚えていた。

「全く共感しない物語にも感動があると、最初に教えられた本だな。『花さき山』は」

「え?」

共感しないとはどういうことだと、大吾の言葉に正祐が目を瞠る。

「俺はあやにも、兄にも共感はしなかった。兄弟がいないからじゃない。ガキの頃から誰かのために我慢をするなんてことはなかった。欲しいものを摑んだし、やりたいようにやった」

教えられればそういった大吾の幼少期は目に浮かぶようだったが、真逆と言えた正祐にはほとんど憧憬に近い感情が湧いた。

「だからどの登場人物にも共感することはなかったが、俺のような者のためにこうして耐えている誰かがいることを学んだし、その涙の花は美しいと思った。人は自分の物語にだけ感じ入る訳じゃないことも、あの本が教えてくれたな」

「何歳ですか」

「五歳か、六歳か。とにかく就学前だ」

酒を呑んで大吾が、それがどうしたと肩を竦める。

「なんと言ったらいいのかわかりません」

感心もしたが、そんな子どもが俯瞰で物語を見るのもどうかしていると喉元まで出掛かって、酒で正祐は飲み込んだ。

今はいない、少年の大吾の話だ。

「あとは何が展示されてた」

美術展示の先を、それこそ珍しく子どものように大吾が乞う。

「一番衝撃だったのは、『八郎』です」

今もはっきりと目に浮かぶ、展示されていた「八郎」の絵を、思い出して正祐は辛い気持ちになった。

「それは俺も本当に観たかった」

終わったのかと心から悔いを見せて、大吾がヤリイカを食む。

「その場に座り込んで泣きたいような衝撃でした」

その絵本も滝平二郎が同じく作家の斎藤隆介と組んで描かれたもので、秋田の国に住む八郎という大男の物語だった。

八郎がどのくらいの大男かというと、掌は八畳ほどもあり、大きな頭には小鳥がたくさん眠る。八郎はばかな男で、大きくなりたい大きくなりたいと言っていたらそんな大男になってしまった。けれど八郎はとてもやさしい男で、小鳥たちが「めんこくて」驚かさないようにじっとしていてやったという。

「大きな絵だったか」

絵本の中から想像して、大吾は正祐に尋ねた。

「はい。とても」

展示されていた絵は八郎そのものの大きさで、一つ一つを息を呑むように正祐は見つめた。

大きくなった八郎のもとには、ある日小さな子ども、「わらしこ」が泣きながらやってくる。海辺にあるわらしこの村には、海が荒れて大津波がやってきていた。田んぼや畑を皆が耕して生きている村だ。波が来てそれらが流され水浸しになれば、村人たちの命は終わるも同然になる。

「八郎は心のやさしい山男で……」

わらしこが泣くのがかわいそうで、大きな山を持ち上げて八郎は海に投げ込んだ。

それで村は助けられたと思われたが、もっと大きな波が沖の方でたんこぶのようになるのがた。

山を投げ入れても防げない大きな波から村を守るために、声を上げて八郎は海に入って行っ

まるで旧知の友を思うように、大吾が正祐が言葉を途絶えさせた続きを語る。

「両手を広げて、海に入って行ったっけな」

人々の目には映った。

「なしておらがこうしておおきくなったかわかったかわからしこ、とそう叫んで八郎が口まで海に浸かった絵は、絵本だと真ん中が綴じられてる部分なんです」

「こうしてみんなのためになりたかった」

そのときの八郎の言葉を、大吾が反芻する。

「美術ギャラリーでは、一枚絵でした。文字はなく、切れ目のない八郎の、海に入って行く大きな絵がそのまま展示してありました」

「それは……見なかったことを本当に悔やむな。また見る機会があるといいが」

目を瞠って大吾は、三鷹に行けなかったことを心から悔やんで大きな溜息を吐いた。

「心臓を摑まれる思いがして、膝から崩れ落ちそうでした。私は子どもの頃、『八郎』が怖くて怖くて」

「怖かったのか？」

その感想が心から意外だと、大吾が目を見開く。

「とても怖かったです。読んだのは『花さき山』とほとんど同時期でしたから……しばらく怖くて夜もなかなか寝付けませんでした」

「なんでだ」

怖かったという正祐を全く理解せずに、大吾は目を丸くした。

「あなたは怖くなかったんですか？　いくつのときに読みましたか」

「俺も『花さき山』や『モチモチの木』と同じ頃だ。『モチモチの木』の豆太にも、共感はなかった。一人で便所に行けないとは随分いくじのないガキだなと呆れたよ」

「あなたも子どもだったでしょう」

豆太にいくじのないガキだと思うガキがどうかしていると、正祐が大吾に呆れ返る。

「俺はなんでも一人でしたがったし一人で何処にでも行きたがったんで、お袋は却って手を焼いたそうだ」

悪ガキだった自覚はあるのか、いたずらが見つかった子どものように大吾は笑った。

「なんで八郎が怖かった」

そうして話を戻されて、怖くないと言い切られることの方が正祐には不可解で、何か不安に摑まれてまだ顔色のよくない大吾を見る。

「だって、大きくても強くても八郎は人間です。人間が波から人々を守るために、生きたまま海に入って行って……人柱になるようなものではないですか。怖いと思うのが子どもの感覚ではないでしょうか」

「へえ」

その気持ちは全く理解できないようで、大吾は正祐の言い分に関心を示さず徳利の底を上げた。

「おやじ、天明零号純米。二合徳利で」

理解できない正祐の怖さを大吾は置いて、酒を追加する。

「少しも怖くなかったんですか？　『八郎』を読んで」

そんな大吾を正祐は捨て置けずに、続きを乞うた。

「怖いと思いようがない」

「どうしてですか」

「『花さき山』には誰にも共感しなかったが、八郎には共感した」

捨て置けないと正祐を子どもの頃のように怖くさせたのは、大吾からのその言葉が予想されていたからだ。

「共感って……」

「俺はあれは、わかりやすい訓話だと思う」

「大波が来たら身を挺して海に入って村を守れという訓話ですか」

それはとても納得はできないと、正祐の声が少し上ずった。

宥めるようにことりと百田が、天明の入った徳利を置いてくれる。

「そうじゃなくて」

絵本を捲り直して考え込むように、大吾は徳利を眺めた。

「もっとシンプルな話だ。大人になったら人を守れるって話だろう。『八郎』は」

むきになるようなことではないと、正祐の言葉を流すようにして大吾が新しい酒を注ぐ。

「それは……そうかもしれませんけど。でも大人になって誰かを守れたからと言って、八郎のように生きたまま海に沈んでしまっては」

「意味がないと思うのか？」

問われて、正祐は聞かされている大吾の実の父親のことを思い出した。

ジャーナリストだった大吾の父親は、紛争地域の最前線で自爆テロに巻き込まれて死んだ。紛争をなくすために危険な最前線に赴き、一人でも多くの命を救おうと身を挺して、何一つ遺さずに亡くなったのだ。

「意味がないとは思いません」

それだけははっきりと、正祐は大吾に告げた。

けれどもう、泣きたいような思いで胸が塞がれている。

実の父のことも、母親が再婚した義理の父のことも、祖父のことも、母親のことも、それぞれ理解したように大吾は言う。確かに理解はして認めているのだろうと、正祐にもそれはわかる気がした。

けれど認めるということと、大吾が何度か言った共感するということは、全く別の話だ。

特に照らし合わせる必要もなく大吾は、その中の誰よりもきっと実の父親に似ている。だから今まさに疲れた顔をして、体を窶れさせているのだ。

多くの人を守りたいという強いやさしさを持って、だから母を幸せにはできなかったという父親を、大吾は誇りに思っているだけでなくきっと親しく思っているのだろう。

「海に沈む八郎の髪に住んでいた小鳥がちちと鳴きながら飛び立つのに、何もわからないわらしこは手を叩いて喜んだはずだ。そのとき八郎は笑ったと書いてあった」

「手を叩いて喜ぶのは、わらしこが何もわからないからです！」

いつもよりずっと血の気の足りない大吾の横顔が満足そうに見えて、正祐はつい大きな声を立ててしまった。

「……正祐？」

「何もわからないからわらしこは喜べるんです……八郎を知っていて八郎を愛した者は、小鳥が飛び立つのを見て手を叩けるわけがないでしょう」

おまえを持つよと約束しながら、この男は結局知らない者のために海に入ることをよしとする性根の持ち主で、それは幼い頃から変わらない芯なのだろうと改めて正祐が思い知る。

今もこうして、正祐の心配など全く知ろうともしない。

「わらしこはやがて、自分も八郎のように大きくなろうとするんだぞ。それで充分だろう。八郎は」

誰かを守りたい心は受け継がれるという話だと、大吾が困ったように正祐を見た。

「八郎は充分でしょうね」

険のある声で言って、正祐が唇を嚙み締めて猪口を取る。

髪に小鳥を住まわせていた八郎とは違って、告げられた言葉を信じるなら大吾は今一人ではないはずだ。

一人ではないのなら、海に入る前に遺される者のことを思って恐れて欲しい。

眠らずに執筆する自分の体を、当たり前だ充分だと一人で決めないで欲しいと、正祐は唇を嚙んだ。

「村も守られた。わらしこも健やかだ。一体誰が充分じゃないって言うんだ」

憎らしいことに大吾は正祐の胸の内など全く理解せずに、キョトンとした顔さえして酒を吞んでいる。

正祐は正祐で今自分を覆っている怖さをきちんとわかっているわけでもなく、ほとんど癇癪のような思いが何処から来るのか見えてはいなかった。

「もういいです」

「おい。絵本の感想がおまえと違うからって臍(へそ)を曲げるのか？」

「そうじゃありません」

そう咎められると、今までもこうして本を巡って度々口論になっていたが、「八郎」に纏わる自分の感情は説明のできない理不尽なものだとは正祐も自覚した。

「……でも、少しは怖いと思ってくださってもいいではありませんか」

小さな声が消えいるようになって、正祐も自分が何を恐れて何を求めているのか見失う。

「『八郎』をか」

そうではないと言おうとして、正祐は大吾を見つめた。

ついこの間、自分とともに生きると言ってくれたはずなのに、やはりどう見てもこの男は幼子に泣かれたらそうかと言って海に入って行ってしまいそうだ。

それはきっと大吾の性で、正祐を持つと言っても癒えるものでは決してない。

「いいえ」

海に入ろうとする前に、怖いと思って欲しいと正祐は言いたかった。

もちろん海に入るというのは比喩だ。

だがこの先生きて行く中で人として作家として信念を問われることがあるときに、大吾はそれが多くの人を守ることになるのなら、浜辺を振り返ることはないだろう。

振り返る大吾を、正祐は想像できなかった。

「……でも、それがあなたという人ですね」

「『八郎』が怖くないことがか?」

ますますわからないと首を傾げるばかりの大吾は、正祐に理性がなければ殴ってやりたいほどのわからず屋だ。

「冬牡蠣（ふゆがき）の酒蒸しだよ」

不意に、湯気の立った白い皿がカウンターに置かれた。

「見事な牡蠣ですね……」

ぷっくりとミルク色の身を肥えさせた牡蠣は艶やかで、その下には碧（あお）い昆布（こんぶ）がきれいに敷かれている。

「岩手からきた牡蠣だ。昆布を酒で浸して、その上で蒸したんだよ。あったかいうちに食べておくれ」

笑って百田が、さあと二人に促した。

「これはたまらんな」

呑気に大吾は、喜んで牡蠣に箸を付ける。

「牡蛎は、肝臓にとてもいいんだよ。そういう栄養の塊なんだ」

その大吾を辛く見ている正祐に、何故だか百田は牡蠣のことを教えてくれた。

「そうなんですか」

「肝臓は、人間の体を動かしている力の源みたいなもんだ。だが肝臓の大きさは、小さな子どもの頃から大人になるまでとほとんど変わらないんだそうだよ」

「力の源なのにですか?」

それは何事も知ろうとする正祐にも初めて聞く話で、驚いて百田を見る。

「そういう話だ。だから小さな子どもと同じだけの力で遊んでやろうとすると、大人はくたくたになってしまうだろう?」

言われるとその通りかもしれないと、百田の話に正祐は納得した。

「だから大きくなったら、それなりの栄養をとらないとね。塔野さんも食べて」

乞われて、正祐が白い艶やかな牡蠣に箸をつける。

口の中で噛むと牡蠣の中にある海の深い味わいが広がって、磯(いそ)の潮に舌から喉に掛けて包まれる。

「……美味しい……」

その潮の旨味(うまみ)が何処までも広がるのに、しみじみと正祐は呟いた。

「それはよかった」

牡蛎を味わっている正祐に、百田が満足そうに微笑む。

「無鉄砲をするようなやつにも、首根っこ摑んでくれるやつがいれば大丈夫だ。そのためには大人は元気でいないとね」

独り言のように、百田は言った。

「……よくわかりました」

誰かを守りたいのは八郎だけではないと正祐は思ったが、自分もまた八郎を守りたいと思うなら、自らもしっかりと力強くあらねば何もできない。

「何がだ」

何処までも理解しない八郎が、とぼけた顔をして訊いた。

「あなたが呆れた子どもだということがです。私は牡蠣を食べます」

子どものような大吾の顔が腹立たしく、正祐がもう一つ牡蠣を口に入れる。

「ああっ！　おまえ一番デカイの食いやがって!!」

歯を剝いた大吾に知らぬ顔をして、正祐は牡蠣を食んだ。

八郎が怖いのも悲しいのも、その八郎のために自分もまた強くならねばならないと思うのも全て、傍らにいる男が愛おしいからだというところまでは正祐も思考が至らない。

そこは正祐が大吾より八郎より、まだ幼く恋を始めたばかりである所以だった。

あとがき

AFTERWORD

―菅野　彰―


今年最後の本は、ディアプラス文庫から色悪作家と校正者シリーズの第一弾です。菅野彰です。

このシリーズは書いていて本当に楽しいです。楽しい。今まで読んできた本のことが思いがけず存分に書けるし考えられるし、資料と言い訳して読み返せるしとにかく楽しいです。大吾と正祐、篠田や小笠原、光希、そして百田も、鳥八でのごはんとお酒について書くのも楽しい。

ずっと楽しい本です。

そんな楽しく書いているこのシリーズ、着想をくださったのはまさに一人の歴史校正者さんでした。

他社ですが「あした咲く花　新島八重の生きた日々」（イーストプレス刊）という、幕末と明治を生きた新島八重をモデルにしたフィクション小説を書かせていただいています。そのとき初めて、「歴史校正」というものを経験しました。正祐のしている仕事です。

会津戦争を生き抜いた八重を単行本一冊書くだけでも、私には大仕事でした。資料を堆く積み上げて、足を運べるところには行って、よし書き上げたというときの達成感は半端ないものだったのですが、数日後歴史校正を通った校正原稿が返ってきた。

おかえりなさい八重。真っ赤なんてもんじゃない。鉛筆書きで余白にみっちり疑問が書き込んである。忘れられないのは、

「八重が井戸に水を汲みに行くときに、小書院から四つの井戸を通り越すのは何故か？」

と、書き込まれて、当時の鶴ケ城の見取り図が添付されていたことです。

これは、八重が籠城中に太鼓門というところで子ども達と会話したという実話を生かすために水を汲みに行かせたのですが、八重は小書院というところで教護をしていたので、そうすると太鼓門まで行くと四つ井戸を通り越すことになる。

「気にする方はいないと思いますが」

僕は気になりますというご様子の書き込みでした。

もちろん彼がいたからこそ悔いのない本が上梓できて心から感謝していますが、歴史校正と向き合っているときの私の心は正直、

「この細かい書き込みしてるやつやつざきにしてやるー！」

という理不尽極まりないものでした。

それが数年の時を経て、

「おかしてやる」

くらいには落ちついて、まだ見ぬあなたをモデルにBL作家は受にしてくれたわけでござい

ます。酷い話です。でもおかげさまで私は楽しい話が書けたと思っているので、見知らぬあなたには今はもう感謝しかない。

「あした咲く花」の担当編集者、五十代男性のKさんにこの話をしたら読みたいとおっしゃったので、BLに触れたこともないKさんのBLバージンもこの本で奪って差し上げる予定です。新しい窓が開くといいね！

　このシリーズは現在「小説ディアプラス」で、「色悪作家と校正者の貞節」「色悪作家と校正者の純潔」と、三作目まで書かせていただいております。

「貞節」まで書いたところで、まとめてアンケートを拝見しました。

　その中に割と多く見受けられたのが、

「このシリーズで知った本を読んでみようと思います」

という言葉でした。

　すごく嬉しいです。

　ただ、書いているときはそういう視点が私になかったので、そうして読んでいただいて楽しいだろう本を、この頃はそんなにセレクトできていないかもしれないとも思いました。

　本が入り口になって他の本を知るということは、私自身経て来た道です。二十代の頃澁澤龍彦が、未知の文化をたくさん教えてくれたことを思い出しました。そんなことがもし私にも少しでもできていたら、ものすごく嬉しいなあ。

そういう気持ちを込めて、SSは一冊の本に纏わる大吾と正祐のやり取りで統一しています。この本の書き下ろしは「八郎」。三鷹の美術ギャラリーは本当は夏でしたが、機会が巡ったら是非足を運んでみてください。

初回特典SSはそれぞれ、「冷たい方程式」「蟹工船」（ごめんこれそんなに楽しくはない。でも最後の一文が大好きなんだ）「台所のおと」になっております。お手元に何かが届いていますように。

あまり言いたくはありませんが、大吾には時々共感しながら書いています。いや私は手紙を火にくべたり絶対しないぞ！　でも、初稿には胸を張りたいなとかその辺は大吾と同じ。「八郎」への思いも、「花さき山」への思いも私は大吾と同じです。

書き始めるときに締切が迫っていたこともあり、「寺子屋あやまり役宗方清庵」はいつか自分で書こうと思っていたプロットをそのまま流用いたしました……こちらはそのうちちゃんと書きたいです。

西荻窪はとても好きな街です。友達が住んでいるので、たまに遊びに行ってお酒を呑みます。おいしい街。正祐の職場があるのは、「松庵文庫」という喫茶店があってその界隈をイメージしています。素敵な街です。

しかし「鳥八」はないのである。空腹時の鳥八描写は辛い。日本酒は全て、自分がおいしいと思ったものを書いています。目にする機会があったら呑んでみてください。

今回初めて、麻々原絵里依先生に挿画を担当していただきました。新書館で長くお仕事をさせていただいている私にとって麻々原先生は、津守時生先生の「三千世界の鴉を殺し」の美しいイラストを描いている方でもあります。

「え、私も描いていただけるんだ」

麻々原先生にお願いできることになりましたと担当さんに言われたときに、それはすごいぞと、正祐の設定が変わりました。

最初のプロットでは、正祐は地味顔という予定でした。でもせっかく麻々原先生に描いていただくのに美形にしないなんてもったいないお化けが出てしまう！　と、美形設定に変更した結果、美形じゃなかったらここまで拗れた性格にならないのに何故地味顔だったんだろう……と逆に初期設定をした私が意味不明なくらい、美形で辻褄の合う愉快な正祐になったかと思うので本当に感謝です。

そして雑誌のコメントに時折百田の料理が描かれていて、麻々原先生……すごくおいしそうで辛いです。

色悪な大吾、美しい正祐、おいしそうなごはんを、本当にありがとうございました。

長く担当してくださっている石川さんとも、本についてあれこれやり取りをしながら進めるのがまた楽しかったです。

いろんな本のタイトルが出て来るので、どのくらい説明するべきか、説明過多なのではないか、足りないのではないかというさじ加減を何度かご相談しました。特典ＳＳの「冷たい方程式」を書いたトム・ゴドウィンの話にもなり、石川さんの読書体験もＳＳの中で生かしてみたり。


本と生きているので、それらの全てが楽しかったです。

それにしても大吾の執筆ペースは速いなすごいな羨ましいなと思う私ですが、今年はよく書きました。

よく書きながら、大吾の育った遠野にも行きました。

遠野はとても好きな土地で、大吾と正祐で遠野を訪ねる話も書きたいです。

もうしばらく、この二人でおつきあいさせていただけたら嬉しい。

そんな私の楽しい思いが詰まった一冊になりましたが、読んだ方にも楽しんでいただけたら本当に嬉しいです。

また次の本で、お会いできたら幸いです。

師走の声を聞きながら／菅野彰

この本を読んでのご意見、ご感想などをお寄せください。
菅野 彰先生・麻々原絵里依先生へのはげましのおたよりもお待ちしております。

〒113-0024 東京都文京区西片2-19-18 新書館
[編集部へのご意見・ご感想] ディアプラス編集部「色悪作家と校正者の不貞」係
[先生方へのおたより] ディアプラス編集部気付 ○○先生

- 初出 -
色悪作家と校正者の不貞：小説ディアプラス2106年ハル・ナツ号
色悪作家と校正者の八郎：書き下ろし

[いろあくさっかとこうせいしゃのふてい]
色悪作家と校正者の不貞

著者：**菅野 彰** すがの・あきら

初版発行：2017 年 12 月 25 日

発行所：株式会社 新書館
[編集] 〒113-0024
東京都文京区西片2-19-18 電話（03）3811-2631
[営業] 〒174-0043
東京都板橋区坂下1-22-14 電話（03）5970-3840
[URL] http://www.shinshokan.co.jp/

印刷・製本：株式会社光邦

ISBN978-4-403-52443-1